소년의 레시피

요리 하지 않는 엄마에게
야자 하지 않는 아들이 차려주는 행복한 밥상

소년의 레시피

배지영 지음

whale 🐋 books

궤도를 벗어난 소년이 매일 차려주는 밥상에 대해 쓰며,

무언가가 되어가는 과정의
소년은 두려움이 없다

밤 9시, 제규는 누구에게 말해야 하나 생각했다. 엄마는 동생 꽃차남을 재우러 방에 들어갔을지도 모른다. 아빠는 사람들을 만나는 게 일이니까 집 밖에 있을 터다. 아직 벚꽃이 피지 않은 4월 초순의 봄밤이었다. 제규는 움츠린 어깨를 펴고 아빠한테 전화를 걸었다. 청유형을 쓰지 않았다. "저 좀 태우러 와주세요"라고 못 박았다.

우리 동네는 퇴근시간에만 반짝 밀렸다가 이내 한산해진다. 남편은 같이 있던 사람들에게 양해를 구하고는 아들이 다니는 요리학원으로 차를 몰았다. 10분 만에 도착했다. 학원으로 올라가는 계단에 제규가 서 있었다. 스마트폰으로 웹툰을 보거나 게임을 하고 있지도 않았다. 하얗고 큰 플라스틱 그릇을 양 손에 들고 있었다.

"아빠, 이거 오늘 만든 도미탕인데요. 싱싱하고 좋은 도미로 만들었어요. 집에 가져다주세요. 나는 자전거 타고 왔거든요."

'도미탕님'은 승차감 좋은 자동차로 '모셔야' 한다는 배움을 얻은 남편. 나는 빨랐다. 갓 태어난 제규한테서 '책과 현실은 다르다'는 가르침을 얻었다. 육아 책에서는 '신생아는 하루에 15시간 이상 잔다'고 했다. 모자동실에 같이 누운 아기 제규는 밤새 칭얼댔다. 백일에도, 첫돌에도 잠 못 들고 울었다. 큰 병원에 가봐도 소용이 없었다.

그때 내 바람은 제규가 덜 울고 잘 자는 것. 더는 바라지 않았다. 느긋하게 키웠다. 그것도 문제였다. 초등학교에 입학하는 제규에게 따로 한글 공부를 안 시켰다. 제규는 읽을 줄만 아는데 학교에서는 금요일마다 '랜덤'으로 받아쓰기 시험을 봤다. 내 인생에서 가장 현명했던 때, 20~30점 맞는 제규를 다그치지 않았다. 제규의 목표는 60점, 2학기 말에야 이루었다.

"엄마, (울음) 나 내일 소풍 가는데 도시락 어떻게 해요?"

제규는 초등학생이 되어서도 가끔 울었다. 남편 출장일과 겹쳐버린 소풍. 제규의 친이모인 지현이 달려와서 김밥을 싸주었다. 우리 집은 손이 빠르고 음식을 잘하는 남편이 부엌살림을 맡아왔다. 나는 음식을 못 하니까 안 했고, 안 하니까 더욱 못 했다. 내가 만든 몇 가지 음식 중 가장 이상한 건 카레였다. 조리법대로 했는데 웬걸! 맛있게 먹으려고 만든 카레는 장염 걸린 아기의 배설물처럼 보였다.

"남자애들은 금방 자라. 아침에 입고 나간 바지가 저녁에는 짧아진 다니까."

나는 선배들 말을 듣고 제규의 중학교 교복을 한 치수 크게 샀다. 제규 키는 좀처럼 자라지 않아서 교복은 늘 벙벙했다. 얼굴은 초등학생처럼 보송보송했다. 그래도 또래들처럼 사춘기는 왔다. 친구들과 활짝 웃는 얼굴로 편의점에 가고 피시방에 갔다. 집에 와서는 얼굴을 찌푸린 채 방문을 쾅쾅 닫고, 음악을 크게 켜놓았다. 소풍 때 가져가야 하는 도시락 걱정도 하지 않았다.

"엄마, 이렇게는 못 살아요. 자퇴할 거야."

2년 전 봄, 고등학교 1학년이 된 제규는 말했다. 원하지도 않는 야자를 밤 10시까지 하니 학교를 그만두겠다고 했다. 나는 "그래야지, 뭐"라고 했다. 그러고는 곧바로 자본주의의 현실을 알려주었다. 엄마는 돈 벌기 너무 힘든데, 등록금 3개월 치를 미리 낸 게 아깝다고. 제규는 몇 달만 참고 학교에 다니겠다고 했다.

제규는 아침 7시 25분쯤에 집 앞에서 카풀 버스를 탔다. 야자를 끝내고 집에 오면 밤 10시 30분이었다. 게임도 하지 않고, 웹툰도 보지 않고, 간식도 먹지 않았다. 씻고 바로 침대로 갔다. 그때 제규는 "공부 잘해서 좋은 대학에 가라"는 말을 해준 적 없는 부모를 원망했을까. 초등학교 1학년 때는 왜 자기만 한글 안 가르쳐줬느냐고 따졌었는데.

공부도 예체능처럼 적성이 있다. 벚꽃이 지고 철쭉이 필 때까지, 열일곱 살 소년은 자신의 미래를 고민했다. 멀리 있지 않았다. 아빠처럼 밥하는 데서 흥미를 느꼈다. 음식을 만들어서 접시에 예쁘게 담아내는 일도 즐거웠다. 제규는 담임 선생님을 찾아가서, 저녁밥을 하고 싶다고 했다. 정규수업 마치고 집에 와서는 식구들을 위해 밥상을 차렸다.

제규는 그 전에 (너무) 하고 싶어서 바이올린, 피아노, 축구, 농구, 영어, 수학, 미술, 주산 등을 배웠다. 스티븐 킹의 《유혹하는 글쓰기》에는 제규 같은 사례가 나온다. 스티븐 킹의 아들 오웬이 색소폰을 배운다. 원해서 시작해놓고는 선생님이 정해준 연습시간에만 연주한다. 레슨이 끝나면 곧바로 케이스에 악기를 집어넣는다. 스티븐 킹은 말한다.

"재능은 연습이라는 말 자체를 무의미하게 만들어버린다. 자신에게서 어떤 재능을 발견한 사람은 (그것이 무엇이든지 간에) 손가락에서 피가 흐르고 눈이 빠질 정도로 몰두하게 마련이다."

스티븐 킹은 아들에게 "색소폰 그만둘래?"라고 묻는다. 오웬은 당장 그만둔다. 제규도 그랬다. 뭔가에 몰두해본 적은 없다. 요리하는 것도 곧 시들어질 줄 알았다. 그러나 요리를 생명체처럼 가꾸었다. 물을 주고 싹을 틔우기 위해서 자기 생활까지 바꾸었다. 아침마다 일어나라고 깨울 필요도 없어졌다. 제규는 일찍 일어나서 혼자 밥을 해 먹고 학교에 다녔다.

제규는 손님한테 주문받은 것처럼 시간을 체크해서 파스타와 리소토를 차렸다. 유명한 떡갈비집의 음식을 그대로 차려내기도 했다. 친구들을 데려와서는 롤돈가스를 수북하게 만들어서 튀겨먹었다. 누가 먹느냐에 따라서 메뉴가 달라졌다. 키도 20센티미터쯤 자랐다. 자기 손으로 밥 해먹고 훌쩍 자란 소년의 꿈은 테이블 서너 개짜리 식당을 차리는 것.

"집에서 재미로만 하라고 하세요. 뼈가 녹아내리는 일이에요. 아들한테 왜 몸 고생을 권하세요?"

업장에서 일하는 한 주방장이 말했다. 그래도 내 눈에는 조리복 입은 요리사들이 눈에 띄었다. 광화문 촛불집회에 갔을 때, 카페에 앉아서 시간을 좀 보냈다. 점심시간이 지났을 때였다. 젊은 요리사들은 건물 밖으로 나와서 쪼그려 앉았다. 해바라기를 하며 스마트폰을 들여다봤다. 몇 년 뒤에 우리 제규도 그러겠지. 애정을 담아서 볼 수밖에 없었다.

학교공부 바깥에서 자기 길을 찾아가는 제규. 장을 봐서 집으로 오는 발걸음이 힘찼다. 제품을 쓰지 않고도 맛을 내는 데에 재미를 붙였다. 우리는 저녁마다 기분 좋게 먹었다. 싱크대에는 설거지거리가 한가득. 어느 밤에 제규는 식탁을 치우지도 않고 앉아서 음식 얘기를 했다. 식구들이 다 자는 고요한 밤에 요리하면서는 '우주의 기운'까지 느꼈다고 한다.

미래는 불안하다. 그래서 사람들은 지금 써야 할 시간과 돈도 저축한다. 하고 싶은 일은 나중으로 미루는 게 인생이라고 가르친다. 고등학생이 된 제규는 스스로 궤도이탈자가 되었다. 본 적 없는 미래를 두려워하지 않았다. '해야 할' 학교공부 대신에 '하고 싶은' 요리를 했다. 뭔가가 되지 않았어도, 그 과정은 근사했다. 밥 짓는 소년을 글로 쓴 이유다.

2부
음식은 마음을 성장하게 한다

3부
음식이 우리 모두를 안아준다

4부
그렇게 쭉, 우리는 함께 먹을 것이다

1부

어느 날 갑자기,
아들이 요리를 시작했다

불가능한 꿈에서
가능한 꿈을 찾아가던 시간

외판원 청년 그레고르는 자고 일어나 보니 커다란 벌레가 되어 있었다. 카프카의 소설 《변신》에 나온다. 생각이 많은 어떤 곰은 100일 동안 햇빛을 보지 않고 마늘과 쑥을 먹으며 견뎌 '웅녀'라는 여자가 됐다. 단군신화에 나온다. 유치원에 다니는 한 아이는 "커서 '탑 블레이드' 신발 될 거야"라고 했다. 최초로 가진 꿈이 무생물, 우리 큰아들 강제규다.

커서 '탑블레이드' 신발 될 거야

"우리 모두 리얼리스트가 되자. 그러나 가슴속에 불가능한 꿈을 갖자."

여섯 살밖에 안 된 제규는 체 게바라가 한 이 말을 알지 못했다. 얼마 뒤에, 사람이 신발로 변신하는 건 '불가능한 꿈'이라는 걸 알았다. 제규는 초등학교 다니는 내내 하고 싶은 게 없었다. 중학생이 되어 찾은 두 번째 꿈은 편의점 알바. 주말마다 친구들과 쏘다니면서 직업의 세계에 눈을 떴다. 뒤이어 찾아온 세 번째 꿈은 피시방 알바.

제규는 컴퓨터 게임 '롤'을 즐겨 했다. 하다가 절대 중간에 끄고 나올 수 없는 게임. 나는 식어가는 밥상 앞에서 "제규야, 쫌!"을 목청껏 외쳤다. 가냘펐던 내 목소리는 어느새 멧돼지와 맞짱 떠도 밀리지 않을 만큼 우렁차졌다. 제규가 '만렙'을 찍었을 때, 나는 진심으로 축하하는 척했다. 중2 여름 방학, 늦잠에서 깨어난 제규는 네 번째 꿈을 발표했다.

"엄마, 나는 커서 중학교 선생님 할래요. 어른들은 계속 회사 다니는데 선생님은 방학 때 쉬잖아요. 그때 실컷 게임해야겠어요."
"제규야, 선생님 되려면 우선 중학교를 졸업해야 해. 너는 수업 시간에 떠들어서 날마다 벌점 날아오잖아. 이러다가는 최종학력이 초졸될 거야."

제규는 중학교를 무사히 졸업했다. "고등학생 되니까 각오하고 공부하자"는 남의 집 얘기. 나는 제규에게 "초딩 같은 글씨로 연애편지 쓰면 여친이 도망갈 거야"라고 했다. 날마다 공책에 바르게 글씨를 쓰라고 시켰다. 1월부터 2월까지 59일, 다해서 7쪽을 필사하고는 그만뒀다. 독서는 웹툰이 전부, 똥 눌 때 화장실에서만 책을 읽었다.

긴긴 겨울방학, 나만 늙고 못생겨졌다. 나부터 살 길을 찾아야 했다. 요새는 "보고 싶어"라고 문자 보내면 되니까 글씨는 좀 못 써도 되겠지. 한국인 1년 평균 독서량이 10권이 안 된다는데 제규는 1월에 《메이즈 러너》 시리즈 3권을 두 번 읽었으니까 된 거잖아. 나는 해탈한 사람처럼 마음이 평온해졌다. 기대를 내려놨다. 가짜 득도는 하루도 못 갔다.

"제규야, 너는 지금이 폭풍성장기(반에서 가장 작던 제규는 지난해에 처음으로 8.5센티미터 자랐다)야. 밤 11시에는 무조건 자. 그럴 수 있어? 대답 좀 해봐! 어?"

밤 9시, 나는 제규와 열 살 터울인 막내아들 꽃차남을 재우러 방에 들어간다. 그러면 제규는 힙합 음악을 잔잔하게 튼다. 남편이 "욕 너무 많이 나와서 안 돼"라고 금지해서 '롤'을 못하니까 '메이플 스토리'라는 게임을 한다. 〈비정상회담〉이나 〈냉장고를 부탁해〉 같은 TV

프로그램을 찾아본다. 남편이 밤늦게 퇴근해서 집에 오면, 제규 눈은 말똥말똥하다.

"버스 타러 갈 거야." 일요일 오후, 남편의 말에 태어나 처음으로 시내버스를 타는 꽃차남이 팔짝팔짝 뛰었다. 우리가 여행 떠나는 기분으로 간 곳은 군산의 구시가에 있는 한 게스트 하우스. 제규에게 거기 딸려 있는 카페에서 알바를 하라니까 "좋아요"라고 했다. 오전 11시에서 오후 2시까지 하루 3시간, 일주일 동안만.

그날은 인턴 알바가 되었다. 제규는 점퍼를 벗고 카페 테라스에 버려진 담배꽁초를 주웠다. 손님이 뱉은 가래침이 손에 묻자 "으~" 신음소리를 냈다. 꽃차남은 "형형, 여기도 있어", "저기 나무 속에도 있어" 하며 신이 났다. 바람이 몹시 찼다. 카페는 여행객들로 붐볐다. 참견하는 것에 시들해진 꽃차남은 30분 만에 집에 가자고 했다. 나는 제규에게 말했다.

"우리 아들, 화이팅! 감기 걸리니까 잠바 입고 해."

다음 날, 제규는 오전 10시에 집을 나섰다. 버스 노선과 타는 법을 배웠지만 걸어서 일하러 갔다. 카페에서 청소하고 주문을 받았다. 손님들은 끊임없이 왔다. 오후 2시, 카페에서 나온 제규는 집과 반대 방향으로 갔다. 해망굴 앞이었다. 곧 산동네가 나왔다. 당황한 제규는 계속 걸었다. 항구가 나왔다. 군산공항으로 간다는 버스 표지판이 보였다.

우리 집이 있는 군산시 나운2동은 아파트 단지 13개로 이루어진 동네. 구시가는 완전 딴판으로 일제 강점기 때부터 크게 변하지 않았다. 근대문화를 보러 오는 여행객이 많아지면서 골목골목은 일본의 어느 도시처럼 변해왔다. 제규의 일상과는 완전히 동떨어진 공간이다. 핸드폰이 없는 제규는 지나가는 아저씨에게 빌려서 내게 전화를 했다.

"엄마! 1시간 반째 이러고 있어요. 어딘지를 모르겠다고요. 완전 짜증나 죽겠어."
"제규야, 엄마 못 가. 일하고 있어. 돈 있지? 택시 타고 와."

핸드폰을 빌려준 아저씨는 제규의 사정 얘기를 듣고서는 집까지 데려다줬다.
다음 날, 그 난리를 치고도 제규는 "알바 안 가" 소리를 안 했다. 끝나는 시간에 내가 데리러 갔다. 카페에서 버스 정류장까지 앞서보라고 했다. 따라온 꽃차남이 "엄마, 형형 길 몰라서 우리 지금 이러고 다니지?"라고 큰소리로 말했다. 제규 뒤통수가 화나 보였다.

그날부터 제규는 40분 동안 걸어서 카페에 갔다. 일이 끝나면 또 걸어서 집으로 왔다. 손님이 많아서 점심은 항상 거르니까 집에 오면 몹시 배고픈 상태다. 오자마자 꽃차남한테 "야, 라면 끓여 와!"하고 큰소리를 친다. "엄마, 내 생애 첫 노동이야. 완전 힘들어요." 제규는 저녁도 안 먹고 7시 반부터 잤다.

꼬박 12시간 반을 자고 난 제규는 개운해보였다. 나는 왜 걸어 다니느냐고 물었다. "버스 잘못 타면, 스케일 커져요. 전북외고나 공항까지 가버리면 어떡해요?"라고 대답했다. 1시간에 5,580원 받는데 일주일 동안 왕복으로 버스를 타고 다니면 15,000원이 넘기 때문에 안 된다고도 했다.

"근데 엄마, 단체 손님이랑 스무디 종류별로 시키는 손님들은 너무 힘들어. 주문도 계속 밀리고요."

어느 날 남편의 직장 동료 중 한 사람이 카페에서 일하는 제규에게 와서 물었다. "너, 강성옥 씨 아들이지?" 소문은 빠르게 퍼졌다. 남편은 막 중학교 졸업한 아들을 생활전선에 내보낸 '비정한' 아버지가 되었다. 제규의 사촌누나 서연은 "카페 알바는 하는 게 아니에요. 매니저들이 진짜 장난 아닌데. 자기들이 무슨 재벌인 줄 알고 갈궈요"라고 했다.

하루는 제규가 카페까지 태워다 달라고 했다. 나는 "무슨 알바가 편하게 엄마 차를 얻어타고 다니냐?"라고 하면서도 데려다주었다. 주말이니까 꽃차남이랑 나는 밖을 쏘다녔다. 박물관에 갔다가 대보름 굿을 보고 집에 오자 오후 5시, 제규는 속옷 차림으로 게임 중이었다. 아침도 안 먹고 나갔는데 오자마자 컴퓨터를 켠 모양이었다. 성질이 났다.

"강제규! 뭐하고 있어?"
"왜 화내요? 알바 갔다 와서 쉬고 있잖아요."
"너는 네 아들이 아침도 안 먹고, 알바 하느라 낮에도 밥 못 먹는데, 집에 오자마자 게임하면 좋겠냐? 네 아들이 그러면 좋겠냐고?"

제규는 컴퓨터를 끄고 식탁에 와서 앉았다. 나는 아침에 남편이 해놓고 간 갈비를 데웠다. 새로 김치를 썰어서 밥상을 차렸다. 서로 별 말 안 했다. 〈무한도전〉을 방송할 때에야 소파에 나란히 앉았다. 보면서 둘이 많이 웃었다. 집에 온 남편이 꽃차남이랑 윷놀이를 하고 또 나갔다. 나는 내 방으로 왔다. 〈내 친구의 집은 어디인가〉에서 장위안 엄마를 보던 제규가 말했다.

"엄마, 사랑해요."
"응. 엄마도!"

제규가 농구하러 가는 날이 왔다. 제규는 "농구 수업료 1시간에 12,500원. 알바 2시간이에요"라고 했다. 수업료가 아까워서 알바를 못가겠다는 것이다. 남편이 단호하게 말했다. "알바는 약속이야." 우리 식구는 다 같이 제규가 일하는 카페에 갔다. 제규는 옷을 갈아입자마자 주문을 받았다. 탁자를 닦고, 바닥에 떨어진 작은 쓰레기를 주웠다. 손님들이 일어선 탁자를 닦기 위해 또 행주를 빨았다. 우리는 제규만 두고 왔다.

남편은 집에 와서 돈을 계산했다. 최저임금 5,580원에 하루 3시간씩 일주일. 총 117,880원을 봉투에 담았다. 그 봉투는 남편의 친구인 카페 사장님에게 전해졌다. 사장님은 제규에게 줬다. 제규는 돈을 받고 카운터로 갔다. 엄마한테 줄 밀크셰이크, 동생한테 줄 블루베리 요거트와 젤리를 주문했다. 알바 2시간과 맞먹는 11,100원. 나는 잔소리를 했다.

"강제규, 힘들게 일해서 이런 걸 뭐 하러 사?"
"그냥 마셔요."
"다음부터 사지 마. 돈 아까워."
"엄마, 나는 서연이 누나 기분을 알겠어요. 누나가 알바해서 나한테 돈가스 사줬거든. 그때 진짜 좋았을 거야."

제규의 벅찬 기쁨은 꽃차남에게 전해졌다. 싸우는 게 일과인 형제는 사이좋게 음료를 마시면서 "엄마, 빨리 사진 찍어요"라고 했다. 사진 속 제규 얼굴은 앳되다. '초딩'이 왜 카페에서 일하느냐고 묻는 손님도 있었다. 신체적인 성장기가 오지 않은 열일곱 살 소년, 하고 싶은 건 여전히 없다. 그래도 나는 좋다. 일해서 번 돈을 식구들과 친구들한테 쓸 줄 아는 사람은, 뭐라도 될 테니까.

블루베리 요거트

첫 알바비로 산 블루베리 요거트. 동생 주려고 샀다.

알바 1시간과 맞먹는 4,500원이었다.

그때 최저임금은 1시간에 5,580원.

재료:

블루베리, 우유, 요거트 파우더

1   싱싱한 블루베리를 씻는다.

2   요거트 파우더와 우유를 섞는다.
     (요거트 파우더는 사다 놓으면 아이스크림이나 스무디를 만들 수 있다).

3   블루베리까지 섞는다. 완성된 요거트 위에 블루베리를 띄워서 데코를 하면 더 멋있다.

자퇴하고 싶은 소년의 버섯 리소토

이제 막 고등학생,
야자 대신 저녁밥 한다

"제규야! 너, 어디 가? 어디 가는 거야?"

"밥 하러."

2015년 6월 1일, 오후 4시 40분, 군산 동고등학교 1학년 6반 교실. 정규수업을 마친 제규는 교실을 나왔다. 반 친구들 27명은 남아서 보충수업 2시간을 더 받는다. 그 수업이 끝나면 9명만 집에 간다. 18명은 저녁을 먹고 다시 밤 10시까지 야자를 한다. 제규는 학교 앞에서 냉큼 시내버스를 탔다. 집에 오니까 5시 40분이었다.

중3 때, 제규는 조리고등학교에 지원했다. 내신 성적이 별로여서인가, 서류전형에서 떨어졌다. 우리가 사는 군산에서 남학생이 갈 학교는 일반고 세 곳, 상고 한 곳, 공고 한 곳, 외고 한 곳, 자사고 한 곳. 제규는 집에서 가장 가까운 일반 고등학교에 1지망으로 지원했다. 안 됐다. 가장 먼(시내버스 1시간, 카풀 30분, 자동차 20분) 학교에 배정받고 제규는 절규했다.

"엄마, 완전 망했어요. 그 학교는 야자 한다고요. 3월 한 달은 무조건 해야 한대요."

3월 2일, 고등학교에 첫 등교한 제규는 오후 5시쯤 집에 왔다. 저녁을 먹고는 식기세척기에 그릇을 넣어서 정리했다. "야자를 하면, 꽃차남 자는 모습만 볼 거야. 같이 놀지도 못할 거야" 한탄하면서. 꽃차남은 "야호! 형형 인생은 끝났다!" 하며 기뻐했다. 눈물 콧물을 쏟게 만드는 뜨거운 형제애를 가진 제규, 동생을 때렸다. 새로울 것 없는 밤이었다.

3월 3일, 밤 10시 30분, 야자를 하고 온 제규는 얼이 빠져 보였다. 그 긴 시간 동안 우두커니 앉아만 있었다면서 "내일부터 책이라도 읽어야겠어요"라고 했다. 다음 날 제규는 《줄무늬 파자마를 입은 소년》을 가져갔다. 그 다음 날에는 한 권으로 안 된다면서 《시간을 파는 상점》과 《구덩이》를 가져갔다. 일주일이 지나자 여유가 생긴 걸까. 제규는 투덜거렸다.

"엄마, 내 얼굴 좀 보세요. 눈 밑에 다크서클 생겼죠? 나는 다 크지도 않았는데, 늘게 생겼어요. 완전 억울해. 이렇게는 못 살아요. 자퇴할 거야."

"그만둬야지, 뭐. 근데 3개월치 등록금 낸 건 너무 아깝다야. 엄마돈 벌기 완전 힘든데."

"(한숨) 5월까지만 참아볼게요. 근데 학교에서 할 것 없으니까, 이달의 독서왕 해볼까요?"

일요일 밤, 제규는 갑자기 아팠다. 남편이 응급실에 데려갔더니 뇌수막염이라고 했다. 의사 선생님은 제규가 혼자 걸을 수 있으면 집에 가서 자도 된다고 했다. 팔에 링거를 꽂고 집에 온 제규의 눈동자는 반짝였다. 그래보였다. "엄마, 저 내일 야자 못 하겠지요?"라는 말이 흥겹게 들렸다.

제규 뜻대로 됐다. 첫날은 아침에 조퇴, 그 이튿날은 정규수업만 받고 집에 왔다. "푸하하! 엄마, 아직 저녁 7시도 안 됐어요"라며 통쾌해 했다. 오랜만에 누리는 저녁이 있는 삶. 제규는 유치원 갔다 온 꽃차남을 안 울리고 씻겼다. 냉장고를 훑어보고는 새송이버섯 볶음밥을 했다. 하지만 잠깐 맛 본 '대자유'는 독, 야자를 하게 된 제규는 다시 자퇴하고 싶다고 졸랐다.

며칠 뒤 금요일, 우리 식구는 놀러가기로 했다. 집에서 자동차로 20분 거리에 있는 동네 캠핑장에 가면서 고등학생인 아이를 점심만 먹게 하고 조퇴시켰다. 제규는 카라반 안에 짐을 풀자마자 노트북을 꺼냈다. 인터넷을 연결했다. 기적이었다. 자퇴하고 싶다는 소리가 쏙 들어갔다. 게임을 하느라고. 다음 날 낮까지 그러고 있었다. 내 몸에서 사리가 튀어나올 것 같았다.

"강제규, 게임 그만해."

"엄마, 생각해봤는데요. 저는 진짜 학교랑 안 맞아요. 자퇴할래요."

"멀티 플레이어네. 게임하면서 진지한 생각까지 하고. 근데 있지, 엄마는 네 자퇴 타령 듣기 싫어. 사는 거 원래 힘들어. 다른 애들도 다니는 학교야. 세 달만 다니라니깐!"

드디어 4월! 제규는 야자를 안 하고 저녁 7시에 집에 왔다. 일주일에 사흘은 요리학원에 갔다. 일주일에 이틀은 영어학원에 가는 나를 대신해 꽃차남을 돌봤다. 첫 모의고사 성적표도 나왔다. 한국사는 1등급, 나머지 과목은 모두 4~5등급. 학교 공부는 아예 담 쌓고 사는데도 제법 근사하게 나온 성적이었다. 나는 제규가 어릴 때처럼, '우리 아들이 천재인가' 생각했다.

꽃은 피고 졌지만 여전히 밤바람이 차가운 4월의 어느 금요일. 제규는 요리학원에서 충격받은 얼굴로 돌아왔다. "중간고사 기간이라서 1주일간 학원 쉰대요." 한 달 학원비 45만 원, 계량컵과 칼까지 따로 샀다. 아홉 번 출석해서 열여덟 가지 음식을 하고 끝난 거다.

"엄마, 당분간은 요리학원 안 다녀도 되겠어요. 체육대회도 있고, 소풍도 가고, 쉬는 날도 많고요. 조리자격증 수업은 위생에만 신경 써요. 요리 순서를 잘 지키고, 무나 감자를 규격에 맞게 썰었는가만 봐요. 기술만 평가해요. 맛은 진짜 안 중요해요. 나는 맛있는 음식을 만들고 싶어요. 이제부터 책 보고 내가 해볼게요."

5월의 어느 수요일, 제규는 정규수업 종례 끝나자 담임 선생님을 뒤따라갔다. 보충수업에서 빠져야겠다고, 그 돈으로 신선한 재료를 사서 저녁밥을 해야겠다고 했다. 선생님은 6월부터 일찍 가라고 허락해주었다. 다음 날 아침 6시, 제규는 선생님에게 갖다 드린다고 버섯 리소토를 했다. 잠이 덜 깬 내 입에 숟가락을 밀어 넣으면서 어떠냐고 물었다.

"완전 맛있어. 딱 좋아."
"안 싱거워요? 근데 좀 불안하다."
"강제규, 엄마 (요리 못한다고) 깔보는 거야?"
"그건 아닌데요. 엄마는 싱겁게 먹으니까 그러죠."

아휴, 나는 무시를 당해도 싸다. 그날 제규 담임 선생님은 리소토가 좀 싱겁다고 했다. 나는 학교 갔다 온 제규에게 8만 원을 주었다. 직접 장을 보라고. 우리 아파트 정문에는 마트가 있고, 쪽문으로 나가서 2분만 걸어가면 시장이 있다. 제규는 그때그때 필요한 채소와 해산물을 조금씩 샀다. 수입과 지출, 잔액을 수첩에 적었다.

나는 제규에게 박찬일 셰프의 칼럼을 읽게 했다. '요리사의 평균 급여는 바닥. 노동시간은 불법 체류하는 외국인 노동자보다 더 길고, 신분 보장도 잘 안 된다는 것'을 말해주었다. 제규도 '요리사의 근속 연수가 3년 미만인 이유가 창업한 식당의 생존기간이 대개 3년을 넘기지 못하기 때문'이라는 사실을 알게 됐다. 그래도 해보고 싶다고 했다.

미래의 요리사는 학교 공부를 어느 정도나 해야 할까. 밑바닥! 나는 제규의 중간고사 성적표를 보고 헛웃음이 나왔다. "괜찮아. 아빠는 고등학교 때 꼴등했어. 그래도 지금 직장에서 연구 열심히 하는 사람으로 꼽혀"라고 말하던 남편은 달랐다. 망연자실, 비통 그 자체. 남편은 싫다는 제규를 붙잡고서 기말고사 목표를 정했다. 지켜보던 나는 빵 터지고 말았다.

"둘 다 바보야? 어떻게 목표가 반 평균에도 못 미쳐?"

"엄마는 몰라서 그래요. 반 평균은 나한테 높은 점수라고요. 요리 안 하는 엄마한테 누가 밥 하라고 시켜봐요. 힘들고 부담되잖아요."

"안다고. 힘든 거 아니까 시험 못 봤다고 혼낸 적 없잖아."

최초로 일어난 성적표 파문은 곧 흐지부지되었다. 제규는 토요일에 아빠와 함께 옛 군산역 경로식당에 갔다. 어르신들에게 자리를 안내해주고 식판을 정리했다. 제규는 재료를 다듬고 음식 만드는 것을 돕고 싶었다. 그러나 학생에게는 그런 기회가 오지 않는다면서 "내가 만든 음식을 대접하고 싶으니까 어른 될 때까지 다녀야겠어요"라고 했다.

제규는 주말마다 요리를 몇 가지씩 한다. 꽃차남 손을 잡고 시장에 가면, 장사하는 분들은 듬뿍듬뿍 준다. 봉골레 파스타에 면보다 바지락이 많은 이유다. 제규는 새우를 사서 만화영화 〈심슨〉에 나온 파티요리를 한다. 엄마가 좋아한다고 파리 송로(프랑스식 두부요리)를 한다. 수비드 조리법으로 닭가슴살 요리도 한다. 제품을 쓰지 않고서 크림 파스타를 만든다.

"엄마, 난 대학 안 가요. 학자금 대출받아서 처참하게 살 것 같애."

"너 학원 안 보내고 모아놓은 돈 있어. 등록금 내라고 줄 거야."

"싫어요. 학교 공부 자체가 나랑 안 맞아. 내가 왜 '최저임금으로 한 달 살기'라는 기사를 관심 있게 읽은 줄 아세요? 남 얘기가 아니니까, 내가 그렇게 살 수도 있잖아요."

순간, 코끝이 아렸다. 오찬호
의 책 《진격의 대학교》에는
'대학생=대기업 입사 희망
자'라는 공식이 나온다.
남편과 나는 드라마 〈미
생〉을 보면서 "우리, 회
사 안 다니길 잘했다.
애들도 보내지 말자"고
다짐하는 바보들. 이런
부모를 둔 제규는 테이
블 서너 개짜리 식당을
하는 게 꿈이다. 의젓하게 "돈

욕심 없어요"라고 말하지만 아직도 잘 때는 이불 덮어달라고, 뽀뽀
해달라고 한다.

제규는 더 이상 "자퇴할래요"라고 조르지 않는다. '밥 걱정의 노예'
인 남편은 "아들이 밥 하니까 좋네"라면서 며칠간 출장을 갔다. 우
리 집의 진짜 주방장 노릇을 하게 된 제규는 학교에 갔다 와서 밥상

을 차렸다. 먹고 치우고, 좋아하는 셰프의 동영상을 찾아보다가 학교에서 내준 과학 숙제 걱정을 했다. 나는《내 친구 기리시마 동아리 그만둔대》의 한 구절을 읽어줬다.

"이 교실 외에도 지금 칠판 앞 수백 개의 등짝에 수백 종류의 미래가 걸려 있고, 그렇기에 수백 종류의 길이 펼쳐질 것이다. 그렇게 생각하면 고등학교란 곳은 왠지 낙원 같다."
"엄마, 그거 진짜 아니에요. 고등학교가 낙원 같다고요? 내가 말을 안 해서 그렇지, 그냥 참고 다니는 거라고요."

반박 불가! 제규 말은 책 속의 글보다 더 현실적이었다. 인내하면서, 정해진 몇 가지의 길로만 가는 게 우리나라의 고등학교다. 수백 종류의 길을 탐구하는 건 쓸모없는 일이다. 그런데 우리 부부는, 제규가 다른 길도 가봤으면 좋겠다. 모든 감각이 활짝 열려 있는 또래 친구들과 같이 많이 웃고, 때로 실망도 하면서. 그러려면 학교는 계속 다니는 게 좋겠다.

버섯 리소토

버섯과 크림, 버터가 조화를 이룬다.
맛있는 느끼함을 맛볼 수 있다.

재료:

느타리버섯(표고버섯도 가능), 물에 불린 쌀, 마늘, 베이컨, 생크림,
소금, 후추, 버터, 파마산 치즈가루

1. 표고를 사용하면 향이 너무 진할 수 있다. 그래도 쓸 거라면 뜨거운 물에 표고를 불린다.

2. 버터 1조각을 녹인다. 어느 정도 녹았으면 마늘(편으로 썬 게 더 모양이 예쁘다)을 볶다가
   베이컨을 넣는다.

3. 소금, 후추 간을 한다.

4. 베이컨이 어느 정도 흐물흐물 해지면 생크림(표고 불린 물도 첨가)을 조금 넣고
   불린 쌀을 넣는다.

5. 파마산 치즈가루로 간을 하면서 완성.

..

기본의 어려움과 쓰라림을 알게 해주는 생채

좋아하는 일도 가끔은
지옥이 된다

밥상을 차리는 데도 '컨트롤 타워'가 있다. 우리 집은 그 임무를 남편이 맡아왔다. 그는 밤새 축구를 보거나 과음한 날에도, 아이들 이유식을 만들고 소풍 도시락을 쌌다. "우리 집은 지지고 볶는 걸 너무 많이 먹어"라고 자책하면서 채소와 해초로만 상을 차린 적도 있다. 아이들이 먹을 게 없다고 불평하니까 이틀 만에 "치킨 시켰어"라면서 손을 들었다.

6월의 첫날, 우리 집 밥상의 컨트롤 타워에 미세한 틈이 생겼다. 그날부터 제규는 밥 한다고 정규수업만 마치고 오후 5시 40분에 왔다. 처자식과 보내는 시간이 짧으니까 저녁밥은 꼭 차리고 나가는 남편도 집에 오는 때. 남편이 마파두부를 하면 제규는 찹 스테이크를,

38

남편이 오이무침을 하면 제규는 된장삼겹살을 했다. 어느 날 같던 초여름날이었다.

"아빠, 저녁때 집에 (밥 하러) 오지 마세요."
"왜? 아빠 있으면 귀찮아?"
"그건 아닌데요. 그냥 나 혼자 하고 싶어요."

곳간 열쇠를 며느리에게 내준 시어머니 심정이랄까. 밥 걱정의 노예에서 풀려난 남편은 홀가분해 보이지 않았다. 서운한 감정을 애써 감췄겠지만 얼굴에 드러났다. 괜히 나한테 "당신은 좋겠다. 느끼한 음식 실컷 먹어봐"라고 했다. 사실 제규가 해주는 음식은 열량이 높아서 옆구리에 살이 찐다. 그래도 몸매보다는 모성애, 나는 제규 편을 들었다.

다음 날 저녁, 제규는 야심차 보였다. 제규보다 30분쯤 뒤에 집에 온 남편은 부엌으로 발을 들여놓지 못하고 얼쩡거렸다. 제규는 "엄마는 밥이 좋죠?" 하며 버섯 리소토를 했다. 꽃차남이 좋아한다고 파스타를, 육식인인 자신을 위해서는 찹 스테이크를 했다. 남편은 "우아, 레스토랑 같다야!" 감탄했다. 약속 있어서 나가야 한다면서도 식탁에 앉았다.

"아빠, 한꺼번에 음식을 몇 가지씩 하는 건 너무 힘들어요. 아빠는 어떻게 날마다 했어요?"

"(얼굴이 엄청나게 환해지며) 그냥 하지. 맛있게 먹으라고."

"프라이팬 들고 요리 세 가지 했는데 지금도 손 떨려요. 숟가락을 못 들겠어요. 식당에서 조리하는 사람들은 진짜 장난 아니겠어요."

밥 먹고 나서 치우는 것도 미래의 주방장 일. 제규는 식기세척기에 그릇을 넣었다. 더러워진 가스레인지를 닦아냈다. 비위가 상해서 음식물 쓰레기는 못 치우겠다고 징징대면서도 잘 정리했다. 행주를 깨끗이 빨아서 널었다. 남편은 그런 제규에게 "음식의 기본은 생채, 깍두기, 겉절이야. 주말에 만들어봐"라고 했다. 제규는 친구들이랑 놀기로 했다며 거절했다.

뒷정리를 한 제규는 침대에 배를 깔고 엎드렸다. 머리맡에는 책 두 권이 펼쳐져 있었다. 속셈이 빤하게 보이는 소년의 위장전술. 제규는 친구가 준 스마트폰 공기계로 게임을 하고 있었다. 결국은 얻어맞고 울 거면서도, 꽃차남은 장난감을 들고 제규 곁으로 가서 놀았다. 그게 귀찮은 제규는 컴퓨터를 켜고 게임을 했다.

"강제규! 밥 한다고 유세하냐? 오늘 금요일이다. 왜 평일인데 게임을 하는 거야?"

"나도 쉬고 싶다고요."

"내일 나가서 하루 종일 게임 할거잖아!"

"돈이 있어야 하죠. 엄마가 주는 용돈으로는 절대 하루 종일 못하거든요."

나는 제규를 낳은 친엄마. 그러나 콩쥐네 새엄마처럼 굴고 싶었다. 뒷산 자갈밭을 매고 밑 빠진 항아리에 물을 채워놓은 뒤에 잔치에 가라던 그 엄마. 넓은 자갈밭과 커다란 항아리를 가진 재력가 엄마. 속으로 따져봤다. 자갈밭이래도 밭이니까 비쌀 터이다. 항아리는 내 수준에서도 살 수 있는 거 아닌가. 나는 게임하는 제규한테 큰소리로 말했다.

"엄마는 지금 항아리 사러 갈 거야. 너는 내일 일찍 일어나서 월명공원 갔다 와라. 거기 약수터 물 떠다가 항아리에 채워놓고 놀러 가. 알았어? 알았냐고?"

제규는 토요일에 일어나자마자 나갔다. 남편은 "제규 없을 때 좋아하는 야채 실컷 먹어"라면서 밥을 차렸다. 일요일, 제규는 흐느적거렸다. 게임하고 소파에 누워서 좋아하는 요리 프로그램만 봤다. 식구들은 청소하는데 자기 혼자만 다른 세계에 있는 것처럼 느리게 움직였다. 일주일에 한 번 가는 농구도 배 아프다고 안 갔다.

그날 오후에 우리 식구는 시가에 갔다. 제규는 거실 한쪽에서 게임을 했다. 고등학교에 들어가고는 줄곧 자퇴한다고 말하는 제규 때문에 걱정이 많았던 어머니는 "우리 손주, 인자 학교 잘 다니지?"라고 재차 확인했다. 제규 답은 시원찮았다. 우리는 아버지가 준 오이, 고추, 쌀, 양파, 마늘을 갖고 집에 왔다. 일찍 자라고 해도 제규는 게임을 많이 못 했다고 버텼다.

"엄마, 요리는 노동이라는 말이 딱 맞아요. 완전 힘들어. 다 하고나면 손까지 떨려요. 근데 왠지 뿌듯해요."

월요일, 밥상을 차린 제규는 말했다. 할아버지가 준 감자가 많으니까 감자요리를 세 가지 하고 삼겹살에 브로콜리도 곁들였다. 일요일 밤에 게임 못 했다고 투덜거릴 때하고는 완전 다른 얼굴이었다. 나는 좀 더 솔직해졌다. "엄마는 소처럼 채소를 먹을 수도 있어. 그러니까 생채도 만들어봐"라고 권했다. 제규는 재깍 외할머니한테 전화를 했다.

"우하하하! 내 강아지가 생채를 만든다고이? 할머니가 만들어서 택배로 보내줄랑게. 아니여? 직접 한다고? 글믄 무를 채 썰어가지고, 멸치액젓이랑 깨랑 마늘 다진 거랑 고춧가루랑 넣어. 매실 액기스도 쬐까 치고. 그런 것을 대강 넣고 손으로 주물러. 그렇고 해가지고 먹

는 거여. 오메, 내 강아지 고생스러서 어쩌. 할머니가 얼마든지 해
줄 수 있는디."

다음날 제규는 이미 채칼로 무를 썰고 있었다. 뜻대로 되지 않는
지, 도마에 무를 올려놓고 칼로 직접 채를 썰었다. 왜 그랬을까. 갑자
기 나는 자신감이 솟았다. 제규가 든 칼을 달라고 해서 보란 듯이 썰
었다. 짜리몽땅한 무채가 쌓였다. 제규는 "미안한데 이건 버릴게요.
엄마 거는 좀 그래요"라고 했다. 머쓱해진 나는 물러났다.

생채를 버무린 제규는 나보고 맛 좀 봐주라고 했다. 채 썬 무가
아삭해서 "오, 맛있다!"고 감탄했다. 제규는 뭔가 부족한지 머리를
갸웃했다. "당분간 느끼한 음식은 자제할게요"라면서 뚝배기에 다시
마를 넣고 국물을 우렸다. 거기에 달걀찜을 할 거라고 했다. 제규 옆
에 서 있어봤자 나는 거치적거리는 존재, 거실로 와서 앉아 있었다.

"아악~ 엄마! 너무 뜨거워. 뚝배기가 이렇게 뜨거운 건지 몰랐어요.
데인 것 같아요."

뚝배기 요리를 처음 하는 제규는 보통의 냄비처럼 손잡이를 잡았
다. 오른쪽 손가락 세 개에 물집이 올라왔다. 제규는 찬물을 틀어놓
고 손을 대고 있었다. 그때 남편이 집에 왔다. 제규는 데인 것보다 생

채가 잘된 건지 평가받고 싶어 했다. 한 입 먹어본 남편은 소금 간 안 했냐고 물었다. 제규는 "외할머니는 그런 말 안 하셨는데…"하며 말끝을 흐렸다.

남편은 얼음을 꺼내 제규 손에 감싸주면서 "아빠는 무채 썰어서 소금물에 담가놨다가 물기 쪽 짜내고 하는데, 어떤 사람들은 소금으로 숨을 죽이기도 해"라고 했다. 처음부터 다 잘할 수는 없는 거라고 아들을 다독였다. 제규는 밥을 먹는 둥 마는 둥 했다. 생채 간을 안 한 것과 데인 손가락. 어떤 것이 제규를 더 힘들게 하는지, 나는 알 수 없었다.

화요일 밤은 항상 촉박하다. 놀이터에서 놀고 온 꽃차남을 잼싸게 씻겨서 위층 사는 친구 시후네 집에 보내고 나는 7시 반까지 영어학원에 가야 한다. 음식이 뜻대로 안 되어서 속상한 제규에게 그릇을 치우라고 할 수는 없다. '이모 카드'를 쓸 차례, 나는 내 동생 지현을 불렀다.

"(울기 직전) 제규야, 어쩌다가 이랬어? 화상은 2차 감염 일어날 수도 있는데. 응급실 가야지. 언니야, 길림 언니(병원에서 근무하는 내 친구)한테 전화해봐. 빨리 좀! 어?"

안 보고도 증상을 아는 '마성의 의료인' 길림은 새살 돋는 연고를 발라도 된다고 했다. 나는 영어학원에 갈 채비를 했다. 지현은 제규 곁에 더 있겠다고 했다. 제규가 처음으로 생채를 만든 날이자 손을 데인 날. 나는 아이의 쓰라림을 온전히 알 수 없었다. 제규 인생을 살아줄 수 없는 노릇. 내가 할 수 있는 건 효과 좋은 화상 크림을 사놓는 정도뿐이다.

다음 날 저녁, 제규는 부엌에서 음식을 했다. 내가 좋아하는 야채를 종류별로 맘껏 차렸다. 제규가 좋아하는 고기 요리도 두 가지나 했다. 설거지 그릇을 치우고 나서는 담임 선생님이 내준 에세이를 영어로 썼다. 영국의 요리 연구가 고든 램지가 말한 대로 "요리는 지옥"이라고. 그런데도 맛있는 음식을 만드는 일은 재미있다고.

cooking is hell

생채

사람마다 만드는 방법이 다르다.

집집마다 양념도 다르다. 그러니까 틀린 게 아니다.

재료:

무, 고춧가루, 밥, 양파, 파, 마늘, 소금, 슈가(없어도 됨)

1   무를 얇게 썬 후 모아서 채를 썬다.
2   소금에 절인다.
3   무의 숨을 죽여라.
4   밥과 물을 적당히 섞어서 믹서로 간다(큰고모 말로는 감이 중요하다고 함).
5   양파를 간다. 마늘과 파는 다진다.
6   숨이 죽은 무와 4번, 5번을 잘 버무린다. 슈가를 조금 넣어도 된다.

음식은 우리를
과거로 돌아가게 만든다

엄마가 된 지 만 16년. 아이에게 무엇이든 해주고 싶었던 마음은
변했다. 이제는 "애들은 부족하게 키워야 해"라고 말한다. 아이들은
결핍을 느낀다. 열일곱 살 제규는 스마트폰이 없어서 반 단톡방에
뜬 공지사항을 알지 못 한다. 일곱 살 꽃차남은 '터닝메카드' 장난감
이 갖고 싶어서 초여름부터 크리스마스를 기다리는 중이다.

사람은 본능적으로 제 살 길을 안다. 위기에 빠지면 약한 고리를
찾아낸다. 제규는 아빠가 출장 가면 사오는 선물에 눈을 돌렸다. "아
빠! 전국 특산품은 다 똑같아요. 문상(문화상품권)이에요"라고 세뇌
작업을 했다. 지구촌 곳곳의 특산품도 오로지 문상이라고 우겼다.
남편은 출장 갔다 올 때마다 "짠!" 하며 제규에게 문상을 주었다.

야박한 엄마도 아이 생일이 닥쳐오면 흔들린다. 무탈하게 자라는 것이 새삼 고맙다. 제규는 "왜 나를 시험기간에 낳았어요?" 물으면서도 성적은 신경 안 썼다. 주말이니까 요리 프로그램을 보고, 온라인 게임을 했다. 자기 반에는 운동부와 미술부가 있고 은근히 공부 안 하는 숨은 경쟁자들도 있어서 "내가 꼴등 맡아놨다고 생각하지 마세요"라고 했다.

"강제규, 받고 싶은 생선(생일선물)은?"
"문상이요."
"통 크게 말해도 되는데?"
"문상에 오븐이요. 이모가 그러는데 오븐이 있으면 요리의 신세계가 열린대요."

생일 나흘 전, 제규는 친구 성헌이를 데려왔다. 기말고사 끝난 기념으로 밥을 해주겠다고. 둘은 집 앞 마트를 세 번 갔다 왔다. 직접 만든 파스타와 리소토. 성헌은 솔직담백하게 "생각보다 별로"라고 했다. 제규는 소스 만들 때 우유가 빠졌다며 머쓱해했다. 2시간 동안 컴퓨터 게임을 한 둘은 내가 사온 통닭을 단숨에 먹어치웠다.

그날 밤, 우리 식구는 오븐을 사러 나갔다. 종류가 많고, 크기도 제각각이라서 고르는 것도 일이었다. 제규는 제일 작은 크기의 오븐을 골랐다. 남편은 소규모 주방 가전 쪽으로 갔다. 2남 3녀 중 막둥이 아들로 귀하게 자랐지만 결혼하고는 줄곧 밥을 하는 남편. 처제가 자기 생일선물로 프라이팬을 줬다고 토라졌던 남편은 이제 대놓고 취향을 드러낸다.

"뭐 좀 만들려고 해도 우리 집은 도구가 너무 없어. 제규도 답답할거야. (나를 쳐다보며) 믹서기 산다. 집에 있는 거는 작잖아."

오븐은 토요일 오후에 집으로 배달되었다. 열일곱 살에 자기 소유의 오븐을 가진 '대부호'는 아침에 친구 집에 가서 감감무소식. 더구나 저녁에는 아파트 단지의 변전소가 터지는 바람에 동네 전체가 정전이 되었다. 게임도, 텔레비전도, 인터넷도 안 되는 집은 제규에게 안 즐거운 곳이다. 대부호 청소년은 자전거를 타겠다며 다시 나갔다. 우리 부부도 모임이 있어서 외출을 했다.

식구들이 다 모인 시간은 밤 10시였다. 제규는 온종일 돌아다녀서 다리가 아프다며 소파에 드러누웠다. 래퍼들이 나오는 텔레비전 프로그램을 켜고 볼륨을 크게 올렸다. 듣기 싫었다. 나는 "강제규, 요리하겠다는 사람이 오븐 새로 왔는데 그러고 있냐?" 하고 짜증을 냈다. 제규는 텔레비전을 끄고 부엌으로 갔다. 오븐 속에 뭔가를 집어넣고 왔다.

"엄마, 기대하세요. 3시간 뒤에는 완전 바삭한 감자칩을 먹을 수 있을 거예요."

"지금 밤 11시야. 정신 좀 차려. 새벽 2시에 누가 그걸 먹냐고?"

일요일, 제규는 일어나자마자 식빵에 양파와 치즈 그리고 카야 잼을 넣은 샌드위치를 만들었다. 맛있었지만 느끼했다. 우리는 생일이 이틀 앞으로 다가온 제규의 지시에 따라서 〈아메리칸 셰프〉를 봤다. 나는 영화 속에서 통마늘을 보지 못 했다. 제규는 "엄마, 내 대신 마늘 까준다고 하지 마요. 내 실력 안 늘어. 자세히 보세요. 다 통마늘이잖아요"라고 했다.

제규가 본격적으로 밥하기 전, 우리 집에는 따로 놓고 쓰는 버터가 없었다. 굴 소스 없이 굴 소스 맛을 내는 조리법이 있는 줄 몰랐다. 제규의 이모인 지현이 가루로 된 바질과 파슬리, 북유럽의 그릇들을 우리 집으로 사다 나르지도 않았다. 남편이 실리콘으로 된 조리기구를 종류별로 사오지도 않았다. 우리는 그냥 평범한 그릇에다가 집밥을 먹었다.

"뭔가 개운하고 칼칼한 것 먹고 싶지 않아? 김치찌개 같은 거. 내가 밥 할게."

남편은 제규가 부엌으로 가기 전에 먼저 낮밥 준비를 했다. 김치찌개와 마파두부 그리고 쌈 채소를 차렸다. 저녁에 남편은 매운탕을 하고, 더 많은 쌈 채소를 씻어서 밥상에 놓았다. 제규는 새로 산 오븐의 기능을 익히려는 그 어떤 노력도 하지 않았다. 나는 그걸로 트집을 잡았다. 〈개그 콘서트〉를 보고 자겠다는 아이를 일찍 자라고 방으로 쫓아 보냈다.

10분이나 지났나. 제규는 내 핸드폰으로 전화를 걸었다. 얼굴 보고는 차마 말을 못 하겠다면서 "헤헤~ 엄마가 읽으라는 책도 다 읽었어요. 그러니까 TV 조금만 볼게요"라고 했다. 나는 안 된다고 강경하게 나갔다. 제규는 "엄마, 많이 사랑해요. 안녕히 주무세요"라고 했다. 아휴, 내가 졌다. 그래, 봐라, 봐!

제규 생일 하루 전. 하교 후 제규는 시장에서 생닭을 사왔다. 고기 누린내 없애는 밑간을 했다. 오븐 예열도 했다. 그 다음부터가 문제였다. 새로 산 오븐은 최고 온도가 200℃. 제규가 따라 하는 레시피에는 220℃에 맞춰야 한다고 나와 있었다. 온도 조절 기능을 눌렀다가 취소하기를 반복하던 제규는 나한테 와서 좀 보라고 했다.

"그러니까 미리미리 설명서를 보고 공부했어야지. 엄마한테 물으면 어떻게 해?"

"설명서가 없다고요. 혹시 (버리는 거 좋아하는) 엄마가 버린 거 아니에요?"

예열이 끝난 오븐 온도는 200℃. 나와 제규 사이는 급속 냉동 상태인 영하 18℃쯤. 그때 남편이 퇴근했다. 제규와 나는 서로 하소연했다. 남편은 나를 보고서 한쪽 눈을 찡긋했다. 짜증을 삭이라는 뜻이겠지. 남편은 오븐을 들여다보면서 "색깔 보니까 잘 익고 있어"라고 했다. 땡! 음식이 다 됐다는 신호음이 들렸다. 꽃차남이 빨리 먹고 싶다고 식탁에 앉았다.

남편은 접시에 닭구이를 세팅했다. "별것도 없는데 뭐 하러 찍어?" 그의 한결같은 잔소리가 싫어서 나는 재빠르게 제규가 한 요리를 스마트폰으로 찍었다. 웬걸! 남편은 DSLR 카메라까지 꺼냈다. 꽃차남 아기 시절에 쓰고 안 썼는데 망원렌즈까지 꺼냈다. 감격한 걸까. 남편은 각도를 돌려가면서 공들여 사진을 찍었다.

이런 호들갑, 우리 부부가 젊었을 적에는 일상이었다. 아기 제규가 처음으로 눈을 맞추고 웃었을 때, 목을 가눴을 때, 뒤집었을 때, 기었을 때, 첫 발을 떼었을 때, "맘마"라고 말했을 때, 변기에 오줌을 누었을 때, 배시시 웃어줄 때에 참 좋았더랬다. 지금처럼 인상 쓰면서 샤워 짧게 하라고, 동생 때리지 말라고, 책 좀 읽으라고 잔소리하는 엄마가 될 줄 몰랐다.

드디어 제규의 열일곱 번째 생일 날. 남편은 아침 6시에 일어나서 상을 차렸다. 생일선물은 등하교 서비스. 저녁에 우리는 다시 식탁에 둘러앉았다. 식구끼리 밥 먹으면서 우아함을 유지하는 것은 불가능한 일. 나는 제규에게 레시피 노트를 쓰라고 잔소리했다. 남편은 재료 넣는 순서를 바꿔도 음식 맛이 달라진다며 그걸 써보라고 했다.

제규는 좋아보였다. 저녁밥 먹고 나서도 생일은 5시간 남아 있었다. 평일인데도 당당하게 와이파이를 켜고 (주로 주말에만 켠다) 게임을 했다. 이모와 경열이 삼촌, 꽃차남을 돌봐주는 베이비시터한테 받은 특산품(문상)과 현금을 합치면 10만 원. 당분간 게임을 실컷 할 수 있는 재력이 생긴 셈이다. 나도 좋았다. 밥상이 느끼하지 않아서. 남편은 말했다.

"당신이 제규 낳느라고 고생한 날이니까 쌈 채소에 샐러드까지 차린 거야. 맘에 들지?"

물론 맘에 든다. 남편이 차려주는 밥을 먹고 산 덕분에 성격이 보드라워졌다. 제규를 낳았던 20대 시절에는 달랐다. 육아 책과는 다르게 밤낮없이 우는 아기 옆에서 성질을 냈다. 전생에 독립운동가였

느냐고, 잠 안 재우는 고문을 하는 일본 놈들한테 무릎을 꿇고서 동지들의 은신처를 자백했느냐고, 그래서 잠을 안 자느냐고 아기한테 따지면서 통곡한 날도 있다.

　두 돌을 앞둔 어느 날, 제규는 냉장고에 붙여놓은 작고 동그란 자석을 삼켰다. 자석은 하루 만에 똥으로 나왔다. 그 뒤로 제규는 '철' 들었다. 밤새 안 깨고 잘 잤다. 기적은 한 번으로 그치지 않았다. 학교 공부에 재미를 못 느끼는 소년이 된 제규는 부엌에서 식구들 먹을 음식을 만들고 있다. 옛날에는 미처 몰랐다. 아들이 차린 밥을 이렇게 빨리 먹게 될 줄이야.

오븐 닭구이

닭고기는 튀겨야 맛있다. 오븐에 구워도 맛있다.
어찌됐든 닭고기는 맛있다.

재료:
닭 한 마리(시장에서 사야 값도 싸고 굉장히 맛있다), 간장, 마늘, 우유, 버터, 소금, 후추, 오븐

1   닭 한 마리를 산다. 닭에 칼집을 넣는다.

2   닭을 우유에 재어둔다(30분). 꺼낸 후 소금과 후추를 뿌린다.

3   버터를 녹인다(뜨거운 물에 중탕해도 되고 전자레인지에 30초 정도 돌려도 된다).

4   닭에 버터를 잘 바른다.

5   오븐에 살짝 굽는다.

6   간장 양념을 만든다. 간장과 다진 마늘을 섞는다(꿀이나 올리고당을 섞으면 마늘 간장치킨 양념 맛이 난다).

7   살짝 구워져서 껍질이 바삭해진 닭에 6번 양념을 바른다.

8   오븐에서 굽는다(180℃에서 30분).

성장통으로 몸이 무겁다면 수제 돈가스

우리는 요리에 대한
이야기를 하며 잠이 든다

"여보, 방학하자마자 제규 요리학원 보낼게."

"안 보냈으면 좋겠는데… 지금 가야 소용없어."

"왜? 뭔가 전문적으로 배우면 좋잖아."

"아직 안 배워도 돼. 급식소 봉사를 더 자주 보내려고 하는데?"

우리 부부가 한 토론은 무색했다. 여름방학 첫 주말, 제규는 일어나자마자 친구들을 만나러 나갔다. 하루 종일 어디에 있는지 알 수 없었다. "어디야? 뭐 하고 있어?" 전화하고 싶다. 그러나 남편은 말린다. 청소년이 갈 곳은 동네 공원, 노래방, 편의점, 피시방 정도. 그중 가장 긴 시간을 보내는 곳이지만 엄마가 싫어하는 피시방. 남편은 말한다.

"당신이 전화하면 제규는 다른 데라고 말하겠지. 아니면 지금 막 피시방 왔다고 하든가. 안 해도 되는 거짓말을 하게 된다니까. 그냥 둬도 돼."

그날, 제규는 해 질 녘에 집에 왔다. 오자마자 씻고 컴퓨터를 켰다. 게임을 하고, 만화영화 〈심슨〉을 보고, 요리사들이 나오는 프로그램을 찾아 봤다. 색종이 접기에 푹 빠진 꽃차남이 제규한테 가서 뭔가를 물어보자 윽박질렀다. 지켜보는 내 표정이 고울 리 없었다. 그러나 제규는 아랑곳하지 않았다. 밤늦도록 같은 자세였다.

오, 맙소사! 다음 날에 제규는 인어공주로 변신해 있었다. 서지 않았다. 걷지 않았다. 두 다리를 한쪽으로 모으고 질질 끌면서 손으로 짚어서 움직였다. 눈부시게 아름답지 않았다. 완전 꼴불견이었다. 나는 제규 등짝을 세게 때렸다. 남편은 "크느라고 그래. 성장통이 와서 그럴 거야"라며 제규 편을 들었다. 그게 진실이라 할지라도, 내 마음은 부글거렸다.

본격 방학이 시작되었다. 제규는 오전 11시에 눈을 떴다. "방학하니까 너무 좋아"라며 침대에서 뭉그적거렸다. 그때 《아이의 사생활》이라는 책을 떠올렸다. 남자아이에게는 "그래서 이제 뭘 하려고 하는데?"라고 직접 물으라고 했다. 나는 "지금이 몇 신데 그러고 있어?” 따지지 않았다. 지적인 엄마처럼 물었다. 제규는 “밥 먹고 치워야죠”라고 답했다.

“제규야, 가스레인지 후드 떼어서 닦아. 힘들면 식기세척기에 넣고. 오븐 청소도 해라.”
“엄마! 밥 먹고 계속 부엌에서 일하고 있어요. 지금 화 나려 했어요. 나, 데려왔어요?”
“(웃음) 티 나냐? 네 친엄마가 찾아올 때까지는 잘 키워야지. 그래서 네가 하고 싶은 요리 실컷 밀어주잖아. 네가 바라는 거 아니야?”

설거지와 부엌 청소를 마친 제규는 다시 요리책을 꺼냈다. 유치원에 갔다 오는 꽃차남에게 먹일 간식을 만든다고. 양파 속에 달걀과 치즈를 넣고 오븐에 넣었다. 맛은 그럭저럭 먹을 만하지만 생각보다 시간이 오래 걸린다는 자체 평가. 제규는 치아바타 빵에 베이컨과 갖가지 야채를 넣은 샌드위치를 만들었다. 맛있다고 실컷 먹고서는 2시간 동안 낮잠을 잤다.

제 형이 만든 간식을 본 꽃차남의 반응은 시시했다. “나는 입이 작은데 형형은 너무 크게 만들었어”라고 불평했다. 제규가 좀 작게 만들어오자 이번에는 “똥 같아”라고 했다. 마음이 상한 제규는 혼자서 다 먹어치웠다. 부엌으로 가서는 한숨을 쉬었다. 별거 하지도 않있는데 싱크대 안에는 그릇이 한가득이었다. 설거지를 마친 제규는 소파에 널브러졌다.

"엄마, 주부들이 왜 드라마 보는지 알겠어요. 집안일은 끝이 없어. 그냥 아무것도 안 하고 싶어져요. 그래서 소파에 앉으면 드라마를 보는가 봐."
"엄마는 드라마 안 보는데?"
"엄마가 음식하고 치우는 거를 알아요? 모르잖아요! 나는 이제 아빠가 드라마 좋아하는 거 이해해요. 밥 하는 게 힘들어서 그래."

방학 이틀 차. 제규는 일어나자마자 아빠와 같이 무료급식소에 갔다. 급식소 청소와 컵 정리를 했다. 간이 배이게 꼬챙이로 대추 속을 찌르는 일을 도왔다. 음식이 다 되고 나서는 어르신들에게 식판을 갖다 드렸다. 다 먹은 식판을 치우고, 청소까지 마쳤다. 집에 와서는 에어컨을 세게 켜놓고 낮잠을 내리 3시간 동안 잤다.

자는 제규를 흔들어 깨웠다. 제규는 "제발요. 나는 방학 생체리듬이 따로 있어. 낮잠은 무조건 자야 해요. 안 그러면 예민해져요"라고 했다. 잠결에도 이토록 논리적인 말을 하다니, 나는 설득당할 뻔했다. 그러나 현실을 보라. 고등학교 1학년 학생인데 하루 종일 책 한 쪽을 읽지 않는다. 나는 짜증을 내고 말았다.

"강제규! 누가 보면 네가 급식소 갔다 온 게 아니라 나라 세우고 온 줄 알아. 일어나, 쫌!"

나는 차츰 제규 방학이 며칠 차인지 세지 않았다. 대신, 독심술을 연마했다. 제규는 '방학은 좋다. 늦잠을 잘 수 있으니까. 방학은 좋다. 낮잠을 잘 수 있으니까'라고 생각하겠지. 뒤늦게 잠에서 깬 제규는 오븐에 튀김요리를 하고, 땀을 뻘뻘 흘리며 오징어전을 부쳐보고, 그토록 좋아하는 돈가스 만들기에 성공했다. 맛있다고 "깍깍" 소리를 내며 감탄했다.

토요일 아침에 제규는 친구 주형이와 함께 옛 군산역 무료급식소에 갔다. 주변 청소를 하고, 몇 백 개의 식판을 정리했다. 식판 배식보다 어르신들이 급식소로 들어오는 속도가 빠르다. 그래서 자원봉사 학생들은 어르신들이 세 명씩 들어가게 조절한다. 참지 못하는 어르신들은 학생들 팔을 아프게 친다. 서로 싸움도 한다. 제규는 그런 일들을 보고 겪었다.

"엄마, 근데 나 급식소에서 되게 좋았어요. 나보고 주방 들어오래요. 학생들은 원래 못 들어가잖아요. 설거지 한 식판을 날랐어요. 신발이 젖으니까 장화 신어야 하는데 맞는 게 없어서 작은 걸 신어가지고 힘들었어요. 발을 오므리고 다니잖아요. 식판도 되게 무겁고요.

그래도 주방 들어갔으니까 좋지. 근데 주형이는 급식소 봉사 다신 안 한 대요. 너무 힘들대."

방학 2주 차, 꽃차남이 다니는 유치원도 방학을 했다. 제규는 오전에 동생을 데리고 영화를 보러 갔다. 집에 오면서 돼지고기 등심을 샀다. 고기 써는 게 신기하다며 "정육점 해도 괜찮을 것 같아요"라고 했다. 동생 손발을 씻기고는 수제 돈가스를 만들었다. 밥벌이 하는 내게 동생 밥 먹이는 모습을 카톡으로 보내왔다.

다음 날에도 제규는 동생을 데리고 영화를 보러 갔다. 영화가 끝나고 손을 꼭 잡고 돌아오던 이 '의좋은 형제'는 친이모와 길에서 마주쳤다. 고등학생이 되어서야 2차 성징이 온 제규에게 문상과 현금을 주며 축하해준 지현 이모. 제규는 갑자기 이모한테 깜짝 선물을 하고 싶었다. 정육점으로 달려가 또 돼지고기 등심을 샀다.

한낮, 뜨거웠다. 부엌은 덥고 습했다. 제규는 다이어트 하는 이모를 위해서 두 가지 종류의 돈가스를 했다. 기름을 안 쓰고 오븐에 구운 돈가스와 고기 안에 치즈를 넣어서 기름에 튀긴 돈가스. 제규는 "엄마, 나 요새 완전 돈가스에 꽂힌 거 알죠? 이모 것도 맛있게 잘할 수 있어"라고 했다. 예쁜 도시락통이 없는 게 흠이라면서 김치까지 따로 담았다.

"엄마! 엄마도 같이 가. 내가 싼 도시락 보고 이모가 좋아하는 모습 봐요. 진짜 좋겠죠?"

제규는 돈가스가 눅눅해진다며, 꽃차남 손을 잡고 먼저 가버렸다. 뒤늦게 간 나는, 도시락을 본 지현 부부의 표정이 어땠는지 모른다. 감격해서 펑펑 울지 않은 건 확실하다. 당황했을 거다. 이제 막 식사를 마친 지현네 식탁을 보면 안다. 후식으로 아이스크림을 딱 입에 넣은 순간 제규가 상기된 표정으로 벨을 누른 거겠지.

지현은 제규가 만든 돈가스를 어떤 접시에 담을까 허둥댔다. 한꺼번에 접시를 몇 개나 꺼내왔다. 오후 1시 반, 덥고 배고픈 꽃차남은 "다 알아. 사진까지 찍고 먹으려고 그러지?"라고 했다. 평소 조금씩만 먹는 제부는 점심 안 먹은 사람처럼 돈가스를 먹었다. 조카가 도시락을 싸온 특별한 날이라며 안 켜던 에어컨을 켰다.

그날 밤. 영어학원까지 갔다 온 나는 피곤했다. 안방에서 꽃차남을 재우고 나오니까 제규는 〈심슨〉을 보고 있었다. 엄마 몸 안에 설정된 잔소리 기능이 자동으로 튀어나오기 전에 제규는 선수를 쳤다. "나, 오늘 예민해요." 점심 먹고 3시간은 자야 하는데 이모네 집에 갔다 오고, 꽃차남 돌보느라 못 잤다고 하소연을 했다.

방학인데 낮잠을 못 잔 아들. 나는 신중하게 행동했다. 제규 침대
에 같이 누웠다. 제규는 "어릴 때 이모네 집에 가는 게 여행 같았어
요"라고 했다. 드디어 이모한테 도시락을 싸줄 수 있어 좋다며 낮에
있었던 일을 몇 번이나 복기했다. 나는 요리를 안 하지만 제규가 만
든 음식 얘기를 듣는 게 참 좋다. 그러나 새벽 1시, 잠이 쏟아졌다.
제규는 나를 흔들었다.

"엄마, 자지 마요. 얘기 더 해요. 아직 할 얘기 많다고요."

내가 제규처럼 고등학생이었을 때 처음 지리산 종주를 했다. 나
흘 만에 들어간 집, 엄마는 밥부터 차려줬다. 나는 씻지도 않고 밥상
에 앉았다. 몇 숟가락 먹다가 고꾸라졌다. 엄마는 "오메, 내 새끼" 하
면서 물수건으로 얼굴과 몸을 닦아주고 그대로 자게 해줬다. 그런데
이제는 내가 엄마. 나는 잠결에도 혼신의 힘을 끌어 모아서 아들이
만든 돈가스를 칭송했다.

돈가스

튀김을 시작한 이후로 음식이 더욱 그럴듯해졌고,
주방에서는 기름 '쩐내'가 났다.

재료:
돈가스용 돼지고기(등심), 소금, 후추, 밀가루, 계란, 빵가루

1 　정육점에서 돈가스용 등심을 달라고 하면 손질을 해서 준다. 만약, 그냥 등심이면 취향에 맞게 썰어서 칼등(고기망치)으로 두드려라.

2 　등심에 소금과 후추를 뿌린다.

3 　넓은 그릇을 3개 준비한다. 없으면 작은 그릇에 해도 된다(단, 시간이 오래 걸리고 여러 개를 한꺼번에 못해 불편할 수 있다).

4 　밀가루, 계란, 빵가루 순으로 그릇에 담는다(계란에 우유를 약간 풀면 좋다).

5 　등심을 밀가루-계란 물-빵가루 순으로 골고루 묻힌다. 여기서 두 가지로 나뉜다. 기름에 튀기는 방법과 팬에 굽는 법. 기름에 튀기면 뒤처리가 힘들고 복잡하지만 굉장히 맛있고 바삭하다. 팬에 구워도 맛있고 바삭하지만 튀기는 것에 비하면 약간 떨어진다. 대신에 뒤처리가 쉽다.

6-1 　넓은 팬, 혹은 튀김 솥에 기름을 붓고 가열한다. 기름에 약간의 빵가루를 떨어뜨려 바로 떠오르면 튀길 준비가 다 된 것이다.

7-1 　돈가스를 넣고 튀기면 된다(한꺼번에 너무 많은 돈가스를 넣으면 기름의 온도가 떨어지고 돈가스가 눅눅하게 나온다. 한꺼번에 많이 넣지 말 것!).

6-2 　양면팬 혹은 프라이팬(뚜껑 필수)에 기름을 적당히 두른다.

7-2 　버터 조금을 넣고 굽는다.

싸운 후 화해하고 싶을 때는 치킨 텐더

요리를 하자
소중한 것이 생겼다

제규를 낳은 지 16년 1개월 20일, 나는 아직 '강제규 천재설'에 미련이 있다. 때때로 휘말린다. 이번 여름방학에도 그랬다. 제규는 하루 13시간씩 잤다. 밥 하고 먹고 치우는 데 5시간, 열 살 차이 나는 동생 꽃차남이랑 기본 1시간씩은 싸웠다. 매사에 유유자적한 성품인데 시간을 쪼개서 게임 '하스스톤'을 했다. 25등급에서 시작했는데 10등급이 됐단다.

"엄마! 나 이 게임 상위 9퍼센트예요. 단시간에 이렇게 한다는 건 진짜 대단한 거예요."

"역시, 나는 천재를 낳은 거였어. 이거 축하할 일 맞지?"

"대충은요. 1등급까지 하고 나면 그 위가 '전설'이에요. 그거 되면,

나 밥 안 해요. 근데 '전설'까지는 절대로 못 가요. 그 말인 즉, 나는 요리를 계속해야 해요."

제규는 기름을 안 쓰고 오븐에 오징어 튀김을 했다. 맘에 안 드는지 "역시, 튀김은 펄펄 끓는 기름에 튀기는 게 진리야"라고 했다. 비오는 토요일 오후, 시후 엄마가 가져온 해물파전을 보고는 모양도 예쁘고 맛도 좋다며 감탄했다. 다음 날부터 며칠 간격으로 해물파전을 만들었다. 생각보다 잘되지 않는다고 침울해졌다.

냉장고를 뒤지던 제규는 냉동실에 쟁여놓은 블루베리를 보고 환호했다. "엄마가 직접 이렇게 많이 사샀어요?" 하며 나를 치켜세워줬다. 지난번 카페에서 알바할 때 제규는 테이블 닦고, 바닥 쓸고, 야외 테라스 정리하는 게 주 업무였지만 주방에도 들어갔다. 음료를 만들 때 요구르트 파우더 쓰는 것을 눈여겨본 모양이었다.

"집에 블루베리가 있으니까 가서 요구르트 파우더를 사왔어요. 사먹는 것보다 훨씬 맛있잖아요. 그때 생각났어요. 내가 초등학교 때 요리책을 자주 읽었잖아요. 아이스크림도 만들어보고 싶었고요. 이번에 보니까 요구르트 파우더 1컵, 우유 4컵 해서 냉동실에 두고 30분에 한 번씩 저어주면 아이스크림이 된대요. 나는 블루베리로 만들려고 했죠."

우리 식구들은 끝내 블루베리 아이스크림을 먹지 못 했다. 제규가 만든 건 아주 차가운 셔벗 단계에서 멈춰 있었다. 남편은 그것도 좋다고 몹시 맛있게 먹었다. 제규는 블루베리랑 요구르트 파우더가 섞이지 않고 따로 논다는 걸 알았다. 그래서였을까. 알바를 했던 카페에서도 요구르트 음료를 만들 때는 생과일을 쓰지 않고, 과일 가루를 썼단다.

제규는 육식인. 고기 음식을 할 때 풍기는 냄새마저도 좋아한다. 저녁밥상에 제육볶음, 돈가스, 치킨가스가 자주 올랐다. 나는 밥벌이가 끝나면 처지는 편이다. 신선한 걸 먹고 싶다. 고기가 종류 별로 있는 밥상을 보면 "아휴~" 한숨이 나오려고 한다. 혼신의 연기력으로 겨우 참아낸다. 그래서 제규랑 같이 음식 프로그램을 보다가 샐러드 종류가 나오면 세뇌 작업을 한다.

"제규야, 저거야. 엄마 어릴 때 소 풀 먹으러 다닌 거 알지? 그래서 소를 좋아해요. 소하고 거의 같은 수준으로 풀을 먹을 수가 있다니까!"

우리 집 냉장고에는 시아버지가 직접 농사 지은 토마토가 넉넉하게 있다. 제규는 생 모차렐라 치즈를 사와서는 카프레제 샐러드를 만들었다. 꽃차남은 먹을 게 없다고 할 게 뻔해서 소고기 등심을 구

웠다. 끓는 물에 레몬즙을 뿌려서 새우를 탱글탱글하게 익혔다. 등
심 위에 반투명 색깔이 된 새우를 올리고, 직접 만든 잣 소스를 뿌
렸다. 나는 '오버'했다.

"꺄악! 완전 맛있어. (하지도 않을 거면서) 이거 어떻게 한 거야?"
"옛날부터 내가 디자인한 음식이 몇 개 있어요. (웃음) 근데 안 알려
줄 거예요. 엄마가 산업 스파이일 수도 있으니까. 내 기밀을 훔쳐서
몰래 도망갈 수도 있잖아요. 〈스폰지밥〉에 나오는 플랑크톤도 그랬
어요."

개학! 제규는 새로운 사람으로 다시 태어났다. 일찍 일어나서 혼
자 밥을 차려 먹었다. 아침 7시 27분에 카풀 버스를 탔다. 흔들리는
차 안에서 책을 읽으면 눈이 나빠지니까 스마트폰으로 만화영화 〈심
슨〉을 봤다. 친구들은 방학 때도 학교에 나와 보충수업을 했다. 혼
자만 집에서 보낸 제규, 교실에 들어가면서 잠깐 머쓱했다.

학교는 공부만 하는 곳이 아니다. 교과서 공부에 흥미를 못 느끼
는 제규는 금방 잔재미를 찾았다. 휴대폰도 없이 고등학생이 되었지
만 이제는 스마트폰이 있다. 아침 조회시간 직전과 쉬는 시간 틈틈
이 게임을 했다. 점심시간에는 넉넉잡아서 20분 정도 게임을 할 수
있다. 오, 예! 집에서 내려받아 간 웹툰까지 볼 수 있다.

"둘째 날도 혼자 일어나서 밥 차려 먹었어요. 엄마한테 아침에 푹 자라고 말까지 했는데. 그러면 뭐 해요? 작심삼일. 사흘째 되니까 엄마가 깨워도 못 일어났잖아요. 카풀 버스도 놓쳐서 아빠가 태워다 주고요."

"작심삼일도 좋은 거야. 또 결심하면 되잖아. 근데 제규야, 음식 만드는 건 왜 작심삼일이 아니야? 다른 것 해도 돼. 힘들잖아."

"다른 거 뭐요? 공부는 아니야. 재미없어요. 내가 잘하는 건 요리밖에 없어요. 지금은요."

남편이 일찍 퇴근한 날, 제규와 꽃차남이 환호했다. 나는 아이들한테 짜증을 좀 낸다. 남편은 안 그런다. 나는 아이들에게 텔레비전도 인터넷도 제한한다. 심심한 두 아들은 많이 싸운다. 남편은 게임도 하라고 하고, 만화도 보여준다. 항상 음식까지 만들어준다. 그러니 〈마법천자문〉을 보는 꽃차남은 나한테 "엄할 엄! 마귀 마! 엄마"라고 한다.

그날은 내가 영어학원에 가는 날. 아빠가 있으니까, 꽃차남은 내 다리를 붙잡고 늘어지지 않았다. 나는 기분 좋게 공부하고 집에 돌아왔다. 그런데 남편은 나를 보자마자 하소연을 했다. 고운 표현을 하자면 그렇다. 나한테 꼬치꼬치 제규의 태도를 일러바쳤다. 그걸 본 제규는 "아빠하고는 말이 안 통한다고요!" 하고는 제 방으로 갔다. 문을 닫았다. 쾅!

1학기 때, 제규의 담임 선생님은 학생들에게 영어로 글을 쓰라고 했다. 일일이 잘못 쓴 부분을 고쳐주었다(선생님의 교과목은 영어가 아니다). 제규는 요리 레시피를 일주일에 두세 편쯤 썼다. 방학 때는 모두 열한 편을 썼다. 남편은 "우리 아들 잘하네"라고 감격했다. 제규와 토론 끝에 일주일에 다섯 편의 조리법을 쓰고, 책을 한 권씩 읽자고 정했다.

"개학하니까 당연히 담임 선생님 일이 많지. 영어 노트도 검사 못하시고요. 노트가 선생님한테 있으니까 레시피를 못 쓰는 거예요. 아빠는 다른 데다 써서 레시피 노트에 붙이래요. 그러기 싫어. 내가 최초로 노트에 뭘 적는 거예요. 중학교 내내 앞에 몇 장 쓰고, 그거 찢어 내고 그랬어요. 레시피 노트는 내 분신이야. 선생님이 노트 주면 다 쓸 거라고요."

경축! 내 마음속에서는 축포가 터졌다. 《어린 왕자》에서 여우는 어린 왕자에게 "네 장미를 소중하게 만든 것은 네가 장미에게 쓴 시간 때문이란다" 하고 말한다. 자기만의 노트를 소중하게 여기게 된 제규는 그 뜻을 알게 된 셈. 하루에도 몇 번씩 제규와 싸우는 나는 아들 편을 들었다. 남편을 설득했다. 남편은 "알았어"라고 했다.

나는 제규 침대로 갔다. "엄마는 네 편이야"라면서 점수부터 땄다. 제규는 영어로 레시피를 쓰는 게 어렵다고 했다. 표현하고 싶은 걸 다 담지 못하겠다고. 나는 "레시피 노트가 진짜 네 분신이 되게 하려면, 한 면에는 한글로 자세히 써. 선생님한테 보여주는 영어는 그대로 쓰고"라고 의견을 냈다. 제규는 "그래염"이라고 대답했다.

화가 누그러진 제규는 거실로 나왔다. 아빠한테 치킨 먹고 싶다고 했다. 남편은 "그럼 시켜야지"라고 했다. 나는 우리 집안의 불화 덩어리. 대화합의 분위기에 찬물을 끼얹었다. '육감적인' 몸매를 가진 남편과 아들에게 현실을 일깨워줬다.

"살쪄!"

다음 날 제규는 학교 끝나고 오면서 닭가슴살(퍽퍽한 맛을 좋아함)을 샀다. 소금, 후추, 바질을 뿌려 밑간을 했다. 냉장고에 좀 놔뒀다가 튀김옷을 입혀서 튀겼다. 넉넉하게 해서는 시후네 집에도 보냈다. 놀러와 있던, 젊고 예쁜 시후 엄마 친구들도 먹었다. 그녀들은 "부드럽고 맛있어요. 요리사 가능성이 높아요"라고 했다.

토요일, 제규는 아침 일찍 일어났다. 밥도 안 먹고 나갔다가 〈무한도전〉 하기 직전에야 들어왔다. 어디에서 무엇을 하며 쏘다니는지, 다 알고 싶지 않다. 가장 많은 시간을 보내는 곳이 피시방일 것 같으니까. 아니나 다를까, 제규는 스마트폰으로 자신의 '하스스톤' 계급을 보여주었다. 그게 뭐라고, 으쓱하는 게 귀엽긴 했다.

일요일, 우리 집은 아점을 먹는다. 아이들은 일어나자마자 하고 싶은 걸 한다. 제규는 게임을 하고, 꽃차남은 텔레비전 만화를 보고, 우리 부부는 성당에 간다. 남편은 돌아오자마자 밥을 한다. 그날은 달랐다. 현관문을 열자마자 맛있는 냄새가 났다. 제규가 밥상을 차려놓았다. 주 메뉴는 닭가슴살 튀김. 고맙고 감격스러웠다. 제규는 말했다.

"일요일 아침에 게임을 포기하는 건 엄청나게 큰일이에요. 근데 아빠가 밥 하는 거 덜어주고도 싶고. 나도 치킨 먹고도 싶고. 그래서 밥 차린 거예요."

훈훈함은 딱 여기까지. 우리 집 식탁의 필수 아이템, '의좋은 형제'의 고성이 빠질 리가 있나. 보던 만화를 끄고 온 꽃차남은 울음을 터뜨리며 맞섰다. 밥 먹는 태도에 신경 쓰는 제규는 그냥 넘어가지 않았다. "둘 다 그만해!"라고 소리 지르는 건 내 전문 분야. 그러면 일요일 아침에 게임 안 하고 밥을 한 제규의 정성이 훼손된다. 나는 한 마디도 하지 않았다. 남편이 아이들을 달랬다. 식탁은 곧 잠잠해졌다.

치킨 텐더

나는 희한하게 뻑뻑한 닭가슴살이랑 계란 노른자가 좋다.
그래서 항상 닭가슴살을 쓴다.

재료:
닭가슴살(시장에서 파는 것), 소금, 후추, 우유, 밀가루, 계란, 빵가루

1 닭가슴살을 한입 크기, 혹은 손가락 크기 정도로 자른다.

2 우유에 닭가슴살을 재운다(30분).

3 닭가슴살을 우유에서 꺼낸 뒤에 소금, 후추를 뿌린다.

4 넓은 그릇을 3개 준비한다. 없으면 작은 그릇에 해도 된다(단, 시간이 오래 걸리고 여러 개를 한꺼번에 못해 불편할 수 있다).

5 밀가루-계란-빵가루 순으로 그릇에 담는다(계란에 우유를 약간 풀면 좋다).

6 닭가슴살을 밀가루-계란 물-빵가루 순으로 골고루 묻힌다.

7 기름에 튀길 준비를 한다. 치킨 텐더와 같이 빵가루를 끓는 기름에 떨어뜨려 보고, 그게 올라오면 넣는다(앞서 말했듯이 한꺼번에 너무 많은 닭을 넣으면 기름 온도가 떨어지고 눅눅하게 나올 수가 있다).

8 닭고기는 굉장히 빨리 익기 때문에 적당히 익히고 빼놔야 한다. 잘 모르겠다면 가장 큰 고기를 꺼내서 반절 잘라본다. 그 녀석이 다 익었으면 웬만한 닭고기는 다 익은 거다. 감이 중요하다. 많이 튀겨보면 '아, 이쯤 되면 다 익었겠구나'라고 느껴진다.

좋아하는 음식이
닮아가는 날들에 관하여

제규는 인생이 덧없다는 걸 좀 안다. 정규수업 마치고 탄 만원버스, 1시간 동안 서서 올 때는 "이렇게 치이면서 꼭 학교 다녀야 해?"라고 한다. 제규는 가을의 징조를 아는 남자, 그러나 아직은 남성성이 폭발하지 않은 앳된 얼굴. 시장 상인들은 엄마 심부름 온 '애'인 줄 안다. 덜 싱싱한 채소를 권하기도 한다. 요리 경력 4개월 차인 제규는 그때마다 외롭단다.

지난 토요일, 제규는 뼛속까지 외로움을 느꼈다. 채소가게 아주머니가 또 안 싱싱한 토마토를 비닐봉지에 담아주었다. 단골로 다니는 정육점은 하필 닫혀 있었다. 다른 가게로 갔더니 가공된 닭가슴살을 줬다. 맘에 안 든다고 그냥 나오지 못하는 제규는 신선하지도 않고, 잡내도 나고, 심지어 질기기까지 한 닭가슴살을 샀다.

"나는 혼자 시장 가는 게 진짜 싫어요. 외로워. 꽃차남한테 같이 가자고 말해도 그렇게 말을 안 들어. 아빠 생신이니까 새우튀김 만들려고 했거든요. 어떤 아줌마는 나한테만 안 싱싱한 걸로 줄 때가 있다고요. 그래도 자연드림(생협) 갈 때는 재밌어요. 자전거 타고 가잖아요. 터덕터덕 걸어갈 때랑은 다르지."

우리 집은 식구들 생일에 밖에 나가서 밥을 먹지 않는다. 가풍(그런 게 있다면)이다. 날마다 밥을 하는 남편은 처자식 생일에는 새벽부터 일어나서 진수성찬을 차린다. 나는 그게 스트레스다. "여보, 내 생일 때는 내 맘대로 할 거야, 밥 좀 차리지 마"라고 성질을 낸 적도 있다. 그러나 소용없다. 남편은 '밥 걱정의 노예'일 뿐이다.

나는 남편 생일이 다가오면 예민해진다. 1년에 한 번, 정식으로 밥상을 차리는 날이다. 미역국을 끓이고, 생선을 굽는다. 전도 부치고 싶지만 복잡해 보여서 포기. 남편이 전날 미리 해놓은 반찬으로 상을 차린다. 작년에는 '분하게도' 미역국이 매웠다. 고춧가루 근처에도 안 가고, 빡빡 씻은 냄비에 끓였는데.

해마다 근심 걱정으로 보낸 남편 생일. 죽으란 법은 없다. 제규가 본격적으로 음식을 한다. 나는 한 달 전부터 "네가 아빠 생일상 차려"라고 말했다. 제규는 "왜요?"라고 물었다. 나는 초조함이 드러나

지 않게 "너 태어나고부터 아빠가 이유식 만들었지, 소풍 도시락 다 쌌지, 날마다 밥 해줬지" 하며 자식 된 도리에 호소했다.

"엄마, 설득력이 약해요."
"문상 1만 원!"

남편 생일, '3보 이상 걷지 않는다'라는 신념을 가진 남편은 세상과 타협했다. 지인들의 산악회를 따라 갔다. 그것도 아침 일찍. 새벽에 일어나야 한다는 것에 부담을 느끼던 제규는 "오, 예!" 하며 좋아했다. 반 단합대회가 있는 날이라서 일어나자마자 놀러 나갔다. 나는 "아빠 생신 밥상 차려야 해. 늦지 않게 와"라고 신신당부했다.

그날 오후, 제규는 장을 봐서 왔다. 나는 밥부터 했다. 1년 전에 끓인 미역국을 복기해보려고 해도 생각이 안 났다. 지난해와 똑같이 동생 지현에게 전화를 걸었다. 가르쳐준 대로 소고기를 물에 담가서 핏물을 뺐다. 물을 붓고 끓였다. 핏물이 올라와서 걷어냈다. 소고기가 푹 끓은 물에 미역을 넣고, 갖가지(이런 애매한 말 같으니라고!) 간을 하면서 끓였다.

"엄마, 다진 마늘 너무 많이 넣고 끓이는 거 아니에요? 마늘 향이 강해요."

제규는 내 옆에서 감자를 깍둑썰기해서 물에 삶았다. 닭가슴살에 소금, 후추, 바질을 뿌려서 밑간을 해서는 구웠다. 햄과 양파를 넣고 볶았다. 제 아빠한테 전화해서는 "어디쯤 왔어요?"라고 물었다. 우와! 상 차릴 시간을 가늠하기 위해서 도착시간을 알아보다니. 감탄하는 내게 제규는 "감자 좀 으깨주세요"라고 부탁했다. 시키는 대로 했다.

"엄마! 이거 뭐예요?"
"(핸드 블렌더로) 으깨라며?"
"폭신폭신하게 해야지요. 생크림처럼 됐잖아요. (한숨) 망작이야. 괜찮아요. 주 메뉴가 아니니까. 감자전으로 부칠게요."

제규가 하려고 했던 요리는 '으깬 감자구이'라고 한다. 감자를 으깨서 볶은 양파랑 햄이랑 같이 둥그렇게 빚어서 구우려고 했단다. 제규는 생크림 같은 감자를 어떻게든 '살려야 한다'는 마음뿐이었다. 프라이팬에 기름을 둘렀다. 거품이 일 것처럼 아주 미세하게 으깨진 감자는 모양이 잡히지 않았다.

전화로 "집에 거의 다 왔어"라고 말한 남편은 1시간이 지나도 안 왔다. 음식은 식어가고 있었다. 솔직히 말해서, 내 신경은 곤두서는 중이었다. 남편이 늦어서 그런 것만은 아니다. 제규는 내가 끓인 미

역국 간을 보고는 "맛이 좀…" 하면서 말끝을 흐렸다. 냉정한 평가
를 받아들여야 발전할 텐데. 나는 아직 멀었다.

"미안, 일찍 오려고 했는데 동사무소에서 케이크 촛불만 끄고 가라
고 해서 늦었어."

남편은 집에 오자마자 변명을 했다. 제규는 "엄마가 미역국 끓였
어요"라고 말했다. 남편은 미역국을 한꺼번에 다 먹고는 맛있다고 했
다. 그 다음에야 제규가 만든 반찬에 천천히 밥을 먹었다. 꽃차남은
제 아빠한테 혼자 젓가락질을 하는 모습을 보여주었다. 제규는 단골
가게가 문을 닫아서 좋은 고기를 못 샀고, 그래서 맛이 떨어진다는
평가를 했다.

모든 것이 제 자리로 왔다. 앞으로 1년간은 밥상 고민할 일 없을
거다. 남편 생일은 아직 5시간 반이 더 남았지만 나는 〈무한도전〉을
봐야 하니까 거실로 와서 텔레비전을 켰다. 제규도 따라왔다. 꽃차남
도 따라왔다. 남편은 "나 오늘 생일인데 밥상 치워야 해?" 하면서도
혼자 부엌에 남아서 그릇을 식기세척기에 넣었다.

"아빠! 엄마랑 데이트 가요."

〈무한도전〉이 끝나자마자 제규가 부추겼다. 남편은 안 간다는 말은 하지 않고, 많이 걸어서 힘든 하루였다고만 했다. 나는 "생일인 사람 맘이지, 뭐"라고 성숙하게 대처했다. 그리고 나서 5분쯤 지났나. 남편 친구가 집 앞이라고 전화를 했다. 친구들 열두 명이 와 있다고. 나가기 싫다던 남편은 광속으로 옷을 갈아입었다.

나는 제규에게 같이 생일상 차려줘서 고맙다고 했다. 제규는 원래 하던 일이라서 특별한 감흥은 없다고 했다. 나는 약속대로 문상을 줬다. 제규 얼굴이 환해지면서 "추석까지 모아서 '하스스톤'에 지를 거예요"라고 했다. 나는 순간적으로 본성을 드러내고 제규를 째려봤다. 제규는 위기를 모면하기 위해서 지적인 분석을 했다.

"엄마, 밀렸네요. 아빠한테는 1위가 동사무소 케이크, 2위가 친구들. 맞죠?"
"인정. 근데 왜 아빠 생일상에 카프레제 샐러드 차렸어?
"아빠가 제일 좋아하는 게, 엄마가 좋아하는 거라고 생각해서 그랬죠. (웃음) 근데 아니네."

젊은 시절부터 남편에게는 할머니 같은 구석이 있었다. 밖에서 맛있게 먹은 음식은 집에 와서 꼭 식구들에게 해준다. 전복처럼 값나가는 재료로 만든 음식은 "나는 많이 먹고 다녀" 하면서 입에 대지 않는다. 그런 정성은 내 오랜 편식을 고쳤다. 냄새 때문에 저어하던 육류도 먹게 됐다. 이제 거들떠보지 않던 간장게장이나 생선회도 먹는다. 제규는 요리하면서 편식 자체를 안 한다.

그날 밤, 남편한테 제규가 생일상 차려주니까 기분이 어땠냐고 물었다. 남편은 "선물을 기대했어. 하다못해 양말이라도 받을 줄 알았는데, 꽃차남이 방귀만 주더라" 하면서 허탈해했다. 푸하하핫! 늘 선물은 필요 없다고 말한 사람은 남편이었는데. 제규는 "밥상 차렸잖아요"라고 말하고는 제 방으로 들어갔다. 그리고는 영어로 레시피 노트를 썼다.

"단합대회 끝나고 나는 시장에 갔다. 아빠 생일상을 차리기 위해서 몇 가지 재료를 샀다. 엄마는 미역국을 준비했다. 그녀는 이모한테 어떻게 미역국을 끓이느냐고 물었다(그러나 맛은 없었다). 날마다 모든 음식은 아빠가 해왔다. 그러나 아빠 생일에만 엄마가 한다. 나는 미역국 빼고 모든 음식을 했다. 나는 매우 바빴다. 그래서 엄마한테 삶은 감자를 으깨주라고 했다. 오 마이 갓, 엄마는 내 감자를 망쳐놨다."

카프레제 샐러드

마르게리타와 비슷하게 초록색 바질(무순, 어린잎 새싹 채소), 흰색 모차렐라,
빨간색 토마토를 써서 만든다. 이탈리아를 상징한다고 한다.

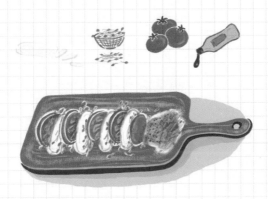

재료:
토마토, 생 모차렐라 치즈, 무순(어린잎 새싹 채소), 발사믹 크림

1   토마토와 생 모차렐라 치즈를 비슷한 크기로 맞춰 썬다.

2   토마토-치즈-무순(어린잎 새싹 채소) 순으로 예쁘게 놓는다.

3   발사믹 크림을 멋지게 뿌려준다. 올리브오일을 약간 뿌려도 좋다

2부

음식은 마음을
성장하게 한다

반항기 일곱 살의 잃어버린 입맛을 되찾아주는 주니어 세트

"돈가스 모르는 사람은
나를 모르는 거예요."

제규와 나는 동지다. 〈무한도전〉을 볼 때만. 토요일, 제규는 일어나자마자 친구를 만나러 나간다. 늦어도 오후 5시쯤에는 집으로 온다. 씻고, 이른 저녁을 먹고, 의관정제를 한 다음에 소파에 앉는다. 스마트폰으로 웹툰을 보며 본방송을 기다린다. 사람 신경을 건드리는 전문기술자 꽃차남이 울며 떼를 써도, 제규와 나는 뜨거운 동지애로 이겨낸다.

그러나 나와 제규의 견고한 연대도 꽃차남과 시후의 맹공에는 무너진다. 그날도 그랬다. 토요일 오전 내내 시후네 집에 가서 논 꽃차남은 오후에는 시후와 같이 내려왔다. 우리는 일곱 살 남자 '두 분'에게 "저녁밥 빨리 먹자" 하고 애원하다시피 했다. 먹히지 않았다. 하필 '두 분'은 〈무한도전〉이 시작하자 지시를 내렸다.

"밥 줘요. 배고파!"

나는 재깍 "엄마는 불혹이 넘어서 귀가 잘 안 들려"라고 했다. 제규가 "아까 먹으라고 했어? 안 했어?" 할 차례였다. 그러나 제규는 순순히 일어나서 부엌으로 갔다. 정육점에서 사다 놓은 돼지고기 등심으로 수제돈가스를 만들었다. 따로 돈가스용 소스도 만들었다. 밥도 곰돌이 모양 틀에 넣어서 두 개를 만들었다.

시후와 꽃차남은 제규가 차려준 밥상을 보고 "우리, 레스토랑 온 것 같지?" 하며 좋아했다. 깨가 뿌려진 곰돌이 밥과 파슬리 가루가 뿌려진 곰돌이 밥 중에서 어떤 게 더 맛있냐고 서로 물었다. 제규는 흐뭇한 얼굴로 동생들의 돈가스를 썰어주었다. 꽃차남과 시후가 장식으로 해놓은 야채와 방울토마토를 걷어내도 혼내지 않았다.

"엄마, 진짜로 주니어 세트 만들어보고 싶었어요. 돈가스랑 밥이 있으니까 양이 꽤 많은 편이었거든요. 애들이 다 먹으니까 기분 좋죠. 어리니까 야채는 당연히 안 먹어요. 야채는요, 야채 맛을 알았을 때 먹는 거예요. 나도 진짜 나중에 그 맛을 알았어요."

제규는 태어나서부터 입이 짧았다. 잠도 안 잤다. 당연히 살집이 없고, 키가 작았다. 반에서 가장 작은 아이였다. 사람들은 "너는 밥 안 먹고 살아? 왜 이렇게 말랐어?"라고 물었다. 남편과 나는 제규가 초등학생이 된 후에도 한참 동안 밥을 떠먹여줬다. 이제 제규는 아침 6시 30분에 일어나 혼자서 고기반찬을 만들어 먹고 학교에 간다.

"너 그렇게 밥 안 먹으면 죽는다고! 푹푹 좀 먹어. 알겠냐고?"

제규가 밥상 앞에서 꽃차남에게 하는 말이다. 태어난 지 백일 만에 몸무게 10킬로그램이 넘었던 꽃차남. 돌 때 오이고추를 아삭아삭 깨물어 먹고, 두 돌 때는 성인여성 두 명(엄마와 이모)보다 밥을 잘 먹던 꽃차남은 변했다. 지난여름 내내 "안 먹어. 맛없어"라고 했다. 오랜만에 꽃차남을 본 사람들은 나한테 보약이라도 지어 먹이라고 당부했다.

우리 식구는 꽃차남이 밥을 안 먹는 이유를 찾아야 했다. 머리를 맞대고 아름답게 의논하지는 못 했다. 나 때문이었다. "도대체 왜 밥을 안 먹는 건데?" 짜증을 내고 말았다. 남편은 꽃차남이 아침에 마시는 150밀리미터짜리 과일 주스를 못 먹게 했다. 제규는 꽃차남이 밤에 한 개씩 먹는 75그램짜리 포도맛 푸딩을 못 먹게 했다.

"꽃차남아, 뭐 먹고 싶어?"

남편이 출장 가서 없는 밤에 제규는 물었다. 꽃차남은 "피자"라고 말했다. 제규는 좋아하지 않는 피자, 한 번도 만들어본 적 없는 피자 만들기에 나섰다. 원래 피자 도우를 만들 때 밀가루 반죽을 이스트로 발효시켜야 한다는데 제규는 뜨거운 물로 반죽을 했다. 얇게 펴서 도우를 만드는 게 생각보다 힘이 들고 시간도 많이 들었단다.

제규는 반죽이 부풀어오르지 말라고 다 만든 피자 도우에 포크로 구멍을 냈다. 그 위에 토마토 소스를 골고루 뿌리고, 양송이와 양파, 치즈를 올렸다. "엄마, 빨리 와서 사진 찍어요" 하고 나를 불렀다. "오호!" 감탄사가 나왔다. 근사했다. 우리는 오븐에서 익어가는 피자를 구경했다. 다 됐다는 '땡' 소리가 나자마자 식탁에 앉았다.

"엄마, 파는 게 훨씬 맛있어요. 맛이 좀 허전하지 않아요? 그렇죠?"
"맛있어. 진짜 '엄지 척'이야. 엄마는 원래 피자 한 조각밖에 안 먹는데 두 조각이나 먹었잖아. 꽃차남도 맛있다고 잘 먹었고."
"아니에요. 뭔가 부족해. 근데 무슨 맛이 모자라는지 모르겠어요."

그날 밤, 꽃차남을 재운 나는 제규 방으로 갔다. 피자가 맛있다는 건 빈말이 아니라고 말해주고 싶었다. 제규는 두어 권의 책은 어렵다고 끝까지 못 읽었으면서 《진격의 대학교》는 읽고 있었다. "생각 없이 읽을 수 있는 책이 좋아요"라면서 '기업의 노예가 된 한국 대학의 자화상'이라는 부제가 붙은 책이 재미있다고 했다.

정규수업만 받는 제규는 오후 5시 반에 집에 온다. 유치원 끝나고 놀이터에서 노는 동생을 데리고 온다. 친구들과 딱지치기나 잡기놀이를 하는 꽃차남은 제 형을 봐도 데면데면. 이 '의좋은 형제'는 놀이터에서 집까지 오는 3분을 활용해서 꼭 싸운다. 제 형보다 한 발짝 먼저 집에 들어오는 꽃차남은 유치원 가방을 팽개치며 말한다.

"강제규, 꿀돼지! 형형이 한 건 다 맛없어!"

제규는 하해와 같은 마음을 갖고 싶으나 아직도 질풍노도에 휩싸이는 열일곱 살 청소년. 열 살이나 많은 형님한테 무례하게 구는 동생을 봐줄 수는 없다. 꽃차남과 똑같은 방식으로 대응한다. 어느 때는 말로, 가끔은 동생의 몸을 '터치'하는 행동으로. 꽃차남이 분하다고 우는 소리를 배경음악 삼아 제규는 부엌에서 음식을 한다.

어느 날 오후, 제규는 엄마가 먹다 만 가래떡을 보고서는 냉장고를 뒤졌다. 소고기 등심까지 있으니까 흥이 났다. 등심을 다져 양파, 간장, 후추, 다진 마늘을 넣었다. 떡도 조그맣게 잘라 넣었다. 그걸 동그랗게 빚어 프라이팬에 지졌다. 향기로운 떡갈비 냄새를 맡고 꽃차남이 부엌에 왔다. 형제는 먼저 맛을 보고는 기분이 좋아졌다.

"엄마, 사 먹는 떡갈비 맛이 나요. 잘된 것 같아. 먹어봐요."
"(고기를 안 좋아하는 나는 병아리 눈물만큼만 먹으면서) 좋아. 근데 너는 꽃차남 입맛 찾아준다면서 너 먹고 싶은 것만 만드는 것 같다."
"아니에요. 꽃차남도 잘 먹어요. 근데 다음에는 고기를 안 갈아야겠어요. 씹는 맛이 없어."

꽃차남의 식성은 여전히 본궤도에 오르지 않았다. 어쩌다 하루씩만 잘 먹었다. 제규는 실컷 음식을 만들었는데 동생이 안 먹으니까 짜증난다면서, "안 먹으면 너만 손해야"라고 했다. 뭐 먹고 싶으냐고 따로 묻는 일도 그만두었다. 그래놓고도 꽃차남이 구운 새우는 잘 안 먹는다면서 새우를 베이컨으로 감싸고 마늘 기름에 구웠다.

제규는 어릴 때 자기가 맛있게 먹은 음식들을 되짚어봤다. 엄마랑 이모, 고모를 따라간 레스토랑에서 몇 가지 음식을 시켜놓고 나눠먹던 게 생각났다. 그때 먹은 음식 중에서 특히 맛있던 소고기버섯 리소토를 해봤다. 어느 날은 돈가스를 만들고, 스파게티를 오븐과 가스레인지에 나눠서 했다. 샐러드도 해서 그릇에 곱게 내었다.

"일부러 레스토랑처럼 해봤어요. 갖가지 메뉴를 해본 거야. 한꺼번에 음식을 여러 개 만들면 얼마나 힘들까 알아보고도 싶고요. 바쁘

더라고요. 돈가스도 계속 체크하고. 스파게티도 두 종류로 하니까 힘들고요. 진짜로 식당에서 일하면 장난 아니겠어. 근데 엄마랑 꽃차남이 다 먹으니까 기분은 좋았어요."

먹을 때는 평화, 먹고 나면 우리는 원래 모습으로 돌아온다. 제규는 식탁을 치우지도 않고, 스마트폰으로 만화영화 〈심슨〉이나 주간지 〈시사인〉을 본다. 나는 "강제규, 음식 하겠다는 애 맞아?"라고 되묻는다. 제규는 유유자적, 밥그릇을 식기세척기에 넣는 데 걸리는 시간은 대략 60분. (어쩌다 한 번씩) 기다리지 못 하는 내가 대신 치워준다.

"제규야, 어떤 부모가 애를 망치는 줄 알아? 자식 일을 대신 해주는 부모야. (웃음) 엄마는 지금 식기세척기를 돌리는 게 아니라 내 소중한 아들을 망치고 있다고!"

제규는 슬픈 눈으로 나를 보며 "엄마보다 정육점 아저씨가 나를 더 잘 알아요"라고 한다. 엄마는 고기 한 근에 얼마인지 아느냐고. 아저씨는 사장이니까 아는 게 당연한 게 아닌가. 나는 제규에게 말려들지 않게 정신을 바짝 차린다. "엄마는 고기를 안 좋아해서 모르지"라고 말한다. 제규는 그럼 돈가스를 좋아하느냐고 묻는다. 나는 "별로"라고 한다.

"거 봐요. 엄마는 그러니까 나에 대해서 잘 몰라. 돈가스를 모르는 사람은 나를 모르는 거야."

아, 정곡을 찔렸다. 내가 제규를 잘 모르고 있다고 확실하게 알게 된 때는 꽃차남을 낳고 나서다. 열한 살에 동생을 본 제규는 "엄마! 아빠랑 나랑 셋이서만 살자"며 서럽게 울었다. 나는 아이의 상실감을 감싸주지 못했다. 그 상태로 제규는 사춘기를 맞았다. 방문을 쾅쾅 닫고, 가끔은 괴성도 질렀다. 나도 아기 키우는 거 힘들고 밥벌이도 고되다고 같이 짜증을 냈다.

시간은 우리 사이를 천천히 회복시켜주고 있다. 불도 제대로 안 켜진 사춘기의 터널을 통과한 제규의 표정은 순해졌다. 부러질 것처럼 딱딱하던 말투도 다정해졌다. 자기가 한 음식을 식구들이 맛있게 먹을 때마다, 제규는 뭐라도 크게 이룬 사람처럼 흐뭇해한다. 우리는 그저 마주앉아 밥을 먹고 음식에 대한 이야기를 할 뿐인데, 서로를 알아가는 느낌이 든다.

주니어 세트

비추천하고 싶다. 만들고 나면 재료가 많이 남는다. 처리하기 애매하다.
특히, 토마토 페이스트는 양이 엄청나기 때문에 처리하기 진짜 곤란하다.
그런데도 나는 만들어보고 싶었다.

재료:
돈가스용 돼지고기(등심), 소금, 후추, 밀가루, 계란, 빵가루

소스 재료:
양송이, 양파, 버터, 밀가루, 우스터 소스(토마토 페이스트)

소스 만들기
1   버터와 밀가루를 1:1로 볶으면 갈색이 된다. 그게 브라운 루다.
2   양파와 양송이는 채 썬 후 한 번에 넣고 볶는다.
3   우스터 소스, 토마토 페이스트를 넣고 계속 끓여준다.
4   부족한 간은 소금으로 맞춰준다.
5   돈가스는 앞에서 나온 레시피를 참고한다.

정갈한 마음으로,
아이는 진짜 요리를 생각한다

"엄마, 나 수학여행 가면 영어학원 어떻게 할 거예요? 갈 거예요? 꽃
차남은 누가 봐요?"

"(웃음) 네가 봐야지. 서울이 무슨 달나라냐? 가깝잖아. 너는 서울
에서 친구들이랑 놀다가, 엄마가 학원 갈 시간에 군산으로 와서 꽃
차남 보면 되지. 엄마 오면 다시 서울 숙소로 가고."

"진짜 장난 아니라고요!"

제규는 하루에 다섯 번 이상 꽃차남을 윽박지른다. 성질나면, 꽃
차남 몸에 '터치'도 한다. 그런데도 3박 4일간 수학여행을 가려니까
꽃차남이 걸린단다. 나 때문이다. 나는 일주일에 한 번 꼴로 영어학
원에 간다. 일 끝나고 저녁 시간에 간다. 무결석, 무지각주의자라서

바쁜 날은 저녁밥도 안 먹고 간다. 그때마다 꽃차남을 돌본 사람이 제규다.

훈훈한 형제애는 페이크(속임수)였다. 수학여행을 간 제규는 단 한 통의 전화도 걸어오지 않았다. 엄마 아빠가 보내는 문자도 모조리 '쌩깠다'. 제규가 나흘 만에 집에 와서 한 첫 마디는 "오늘 수민이네 집에 가서 자도 돼요?"였다. 나는 제규를 째려보는 걸로 답을 했다. 남편은 "며칠 만에 왔으니까 식구들이랑 자야지" 하며 달랬다.

다음 날, 제규는 여독을 풀기 위해서 제 방과 거실 소파를 오가며 잤다. 해 질 녘에야 벌떡 일어났다. 수민의 전화를 받고서. "엄마, 수민이 밥 안 먹었는데 우리 집 앞이래요" 하면서 부엌으로 갔다. 냉장고에서 모차렐라 치즈와 토마토를 꺼내서 샐러드를 만들고, 국수를 삶고, 양념장을 만들었다. 신중하게 간을 봤다. 배고프다는 수민에게 자꾸 물었다.

"수민아, 너는 맵게 먹잖아. 이거 어때? 입맛에 맞아?"
"셰프 맘대로 해. 맛있겠지."

수민은 비빔국수를 먹었다. "이런 거 처음 먹는데, 뭐냐?" 하면서 카프레제 샐러드를 먹었다. 카레밥을 먹었다. 수민은 제규가 차린 음식을 모두 '완식'했다.

나도 제규처럼 열일곱 살인 적이 있었다. 늘 붙어 다니고 싶은 친구도 있었다. 그러나 배고프다는 친구한테 "우리 집에 와. 밥 차려줄게" 한 적은 없다. 떡볶이나 라면을 사 먹는 게 전부였다. 어른이 되고, 아줌마가 되어서도 마찬가지다. 때로는 사람 노릇 못 한다는 자괴감이 든다. 그러나 내 아들은 다르다. 음하하핫! 근사한 청소년으로 자랐다.

제규는 다시 일상으로 돌아왔다. 학교 끝나고는 1시간 동안 시내버스를 타고 집에 온다. 유치원에서 돌아와 놀이터에서 놀고 있는 동생을 데리고 온다. "손발 씻어. 가방 똑바로 안 놔?" 큰소리 치고는 저녁밥을 한다. "형형이 한 건 다 맛없어"라면서도 꽃차남은 다람쥐처럼 부엌을 드나든다. 음식을 접시에 담기도 전에 집어먹는다.

형형이 한 건 다 맛없어

갑자기 제규는 인터넷에서 본 불고기 또띠아를 만들어보고 싶었다. 적양파가 꼭 필요한데 집 근처 시장과 마트에는 없었다. 그래서 아빠를 따라나섰다. 군산에서 가장 큰 재래시장에 가서 적양파 한 망을 샀다. 제규 덕분에 우리 식구는 영원히 몰랐을, 멕시코 음식을 먹었다. 제규는 다시 "고기는 진리야" 하며 냉장고를 뒤졌다. 소고기를 꺼내서 갈비를 했다.

금요일 아침, 제규는 아침 일찍 카풀 버스를 타지 않아도 되니까 느긋했다. 직업체험활동을 하러 군산 청소년회관으로 갔다. 오전 내내 직업에 대한 강연이 이어졌다고 한다. 서울의 유명 대학에서 온 교수가 하는 강연이었다. 제규는 "쫌 와 닿지가 않았어요. 그래서 졸리더라고요"라고 했다. 점심 먹을 시간에야 일어났다고.

"오후에는 각자 직업체험을 하러 갔어요. 나는 요리학원으로 갔지. 스무 명 넘게 왔는데 체험할 게 별로 없으니까 그냥 온 애들도 많았어요."

그날의 요리는 잡채. 학원 선생님이 시범을 보이면, 네다섯 명씩 조를 이룬 학생들이 따라서 했다. 제규는 '사공이 많아서 잡채가 산으로 간다'고 생각했다. 마음속으로는 '빨리 집에 가서 혼자 만들어 봐야지'라고 결심했다. 그러나 생각한 대로 행동하는 게 쉬운가. 직업체험이 끝난 제규의 몸은 어느새 친구들과 피시방에 가 있었다.

제규는 주말 내내 친구들이랑 어울려 다니면서 놀았다. 다음 월요일 오후에야 잡채를 만들고 싶어 안달이 났다. 학교에서 돌아온 제규는 펄펄 끓는 물에 당면을 데쳤다. 당근이랑 호박, 버섯을 채로 썰었다. 달걀도 흰자와 노른자를 분리해서 지단을 부쳤다. 간장 둘, 설탕 하나, 마늘, 다진 파, 깨, 참기름을 넣어서 양념장을 만들었다.

"다 만든 양념장은 네 개로 나눠요. 그 중에 한 개는 고기 볶을 때 써요. 데친 당면은 양념장 두 개를 넣어서 볶아요. 당면에 잡채 색깔이 나오면 돼지고기를 넣고 볶고. 당근, 양파랑 다 함께 넣고 볶아. 채소 즙이 나와서 물기가 생기거든요. 팬 밑을 보면, 양파 물도 나오고요. 그때 당면을 넣어요. 양념장 한 개 남았잖아. 이때 넣어요. 다시 팬에다가 돼지고기 재어놨던 거를 볶아요."

그날 저녁, 나는 밥상 앞에서 입이 딱 벌어졌다. 커다란 접시에 차려진 잡채는 봉두난발을 하고 있는 것 같았다. 플레이팅에 신경 쓰는 제규 스타일이 아니었다. 엄마 마음을 읽었는지, "너무 먹고 싶어서 막 담은 거예요"라고 했다. 내가 젓가락을 들자마자 제규는 엄청난 속도로 잡채를 먹었다. 맛있다며 스스로를 치켜세웠다.

배부르게 먹고 기분이 좋아진 우리는 식탁에 그대로 앉아서 잡담을 했다. 제규는 얼마 전에 나와 대판 싸운 이야기를 꺼냈다. "엄마,

그건 우리 둘의 흑역사예요. 그러니까 이제 서로 고운 말 써요. 성질부터 내지 말고요"라고 했다. 부끄러웠다. 별거 아닌 일로 아들과 싸운 거니까. 먼저 미안하다고 못 했으니까. 그래서 말을 돌렸다.

"제규야. 너 돌 지났을 때, 엄마도 잡채 정도는 해야겠다는 생각을 한 적 있어."
"잡채 정도는? 엄마, 잡채 굉~장히 힘들거든요. 재료 손질하는 게 반절이야. 여섯 가지 요리를 한꺼번에 하는 거랑 똑같다고요."
"알지~. 아빠가 하는 거 보니까 너무 손이 많이 가는 거야. 그래서 잽싸게 포기했지."

제규는 잡채 사진을 프린트했다. 레시피를 영어로 쓰기 위해 제 방으로 들어갔다. 나는 식기세척기에 그릇을 집어넣었다. 글 쓴다는 제규는 스마트폰으로 게임을 보고 있었다. 고운 말을 쓰겠다던 나는 어디로 갔을까. "강제규! 뭐하고 있냐고?" 큰소리를 쳤다.

생각해보면, 제규는 많이 달라졌다. 1학기 때는 아침마다 깨우는 게 큰 일, 내 얼굴은 '쓰레기 봉다리'가 되었다. 카풀 버스도 자주 놓쳤다. 자동차로 태워다주거나 택시(요금 9천 원)를 태워 학교에 보냈던 제규. 이제는 스스로 일어난다. "엄마가 안 일어나니까 내가 일어나야지. 택시비 아깝잖아요"라면서 혼자 아침밥을 챙겨 먹는다.

학교에서 돌아온 제규는 손 씻자마자 냉장고를 연다. 어제는 새우전(꽃차남이 몹시 좋아함)을 하려고 새우를 다졌다. 그런데 달걀이 없었다. 장 보러 가기에는 귀찮아서 새우볶음밥으로 메뉴를 변경했다. 다져놓은 새우에다가 후추를 뿌렸다. 버섯과 양파, 호박도 잘게 다졌다. 그때 갑자기 짬뽕 생각이 머리를 스쳐 지나갔단다.

"한국식 찌개는 재료를 볶다가 물이나 육수를 넣고 끓인대요. 그래서 나도 재료를 볶아서 고춧가루를 적당히 뿌렸어요. 매운 맛을 더 강하게 하려고 소주도 넣고요. 음식에 한 번도 안 써 봤으니까 소주는 조금만 넣었어요. 그렇게 하니까 짬뽕 냄새가 나요. 근데 중국집에서 짬뽕 시키면 손이 가는데 이건 좀 감칠맛이 부족해서 손이 덜 가는 것 같아요."

나는 중국음식점에서 먹는 짬뽕을 좋아하지 않는다. '나 짬뽕이요' 하는 것처럼 강하게 풍기는 맛을 저어해서 해물만 좀 건져먹고 만다. 그런 내 입맛에는 제규가 만든 짬뽕이 딱 맞았다. (만들 생각은 없으면서도) 음식 만드는 과정이 진심으로 궁금했다. 그래서 "왜 만드는 장면을 사진으로 안 찍어?" 물었다.

"엄마, 요리 할 때는 핸드폰 만지기 싫어요. 더럽잖아요. 얼마나 세균이 많겠어?"

"헐! 멋있다."
"레시피도 안 보고 하니까 가끔은 맛이 부족한 것 같애. 그래도 핸드폰은 안 만져요."

낯설다. 가끔은 샤워할 때조차 스마트폰을 갖고 들어가는 제규. 내가 하는 잔소리의 51퍼센트는 "폰 좀 그만 봐"다. 제규를 웃게 하고, 잠 못 들게 하고, 기다리게 하는 것은 스마트폰 안에 다 있다. 풀 죽은 나는 "스마트폰 씨, 당신은 내 아들을 앗아갔어요"라고 인정한다. 그러나 여기서 반전! 제규는 순정을 담아서 요리한다. 그때는 스마트폰도 파고들지 못 한다.

잡채

내가 아기였을 적에 엄마가 도전해보고 싶었다는 요리. 그러나 아빠가 하는 것을 보고 너무 복잡해 보여서 포기했다고 한다.

재료:
당면, 돼지고기(소고기), 당근, 시금치, 계란

1 당면을 약간 물에 불린다.

2 계란 지단을 부친다(백 지단, 황 지단).

3 계란을 적당한 크기로 자른다.

4 당근을 채 썬다.

5 채 썬 당근을 팬에 볶는다.

6 기름을 두른 팬에 다진 마늘을 넣고 소고기를 볶는다. 간장으로 간을 내고 색을 맞춘다.

7 당면을 삶는다. 건진 후 한쪽에 둔다.

8 시금치를 데친다.

9 데친 시금치는 물기를 짠 후 소금, 참기름, 다진 마늘을 넣어서 시금치나물을 만든다.

10 준비한 각 재료를 참기름과 함께 버무린다.

11 완성된 잡채 위에 볶은 깨를 뿌린다.

사회생활 하고 돌아온 일곱 살에게 만들어준 새우피망전

밥상은 집안의 권력을
말해준다

역사교과서 국정화 확정고시 한 날. 우리 집은 텅 빈 것 같았다. 유치원에 갔다 오자마자 거실에 가방을 확 팽개치는 꽃차남이 없었다. 커다란 레고상자를 집안 곳곳에 끌고 다니며 흩뿌려놓는 꽃차남이 없었다. "다 맘에 안 들어. 울어버릴 거야" 하고 생떼를 쓰는 꽃차남이 없었다. 한 밤 자고 오는 유치원 캠프에 갔기 때문이다.

"엄마, 꽃차남 없으니까 그냥 치킨 시켜 먹어요."

제규는 밥 할 마음이 없어 보였다. 식구들이 저녁을 잘 먹나 확인하고 다시 나가는 남편도 "오늘은 치킨 시켜도 되겠다"라고 했다. 나는 주는 대로 먹는 사람, 무조건 좋다고 했다. 제규는 가뿐하게 '1인

1닭'을 달성했다. 심지어 먹을 때도 싸우는 동생이 없으니까 평온해 보였다. 역시나 "엄마, 꽃차남 없으니까 쫌 좋지요?"라고 했다.

그날 밤, 제규는 나에게 "이거 재밌어요" 하면서 《십 대 밑바닥 노동》을 권했다. 살다 보니까 제규가 먼저 읽어보고는 건네주는 책이 있다니. 눈 안에 하트를 가득 담아서 아들을 봤다. 제규는 그 사이를 못 참고 웹툰을 봤다. 잔소리를 하려는 순간, 남편이 퇴근했다. 그는 거실을 둘러보며 말했다.

"이상하다. 꽃차남이 없으니까 집이 집 같지가 않아."

다음 날 오후, 꽃차남이 돌아왔다. 거실에 가방을 확 던지는 걸로 자신의 존재감을 표현했다. 반듯한 어린이로 지낸 1박 2일 간의 사회생활, 힘들었는지 투정부터 부렸다. 그러고는 "이 세상에서 형형이 제일 싫어"라면서도 제 형 방으로 갔다. "강제규 이불, 꿀돼지 냄새나" 하면서도 제규 침대에 누웠다. 곧 잠들었다.

"학교 갔다 오니까 꽃차남이 내 방에서 자고 있더라고요. 기분 좋지. 밥 할 의미도 생기고. 우리 집에서 가장 잘 먹어야 하는 사람이 꽃차남이잖아요. 그래서 걔가 좋아하는 새우전을 해줘야겠다고 생각했어요."

제규는 소리 안 나게 방문을 닫고 부엌으로 갔다. 꼼꼼하게 손을 씻고 냉장고에서 재료를 꺼냈다. 새우를 다지고, 달걀을 깨서 넣고, 밀가루도 조금 넣었다. 그때 제규 눈에 피망이 보였다. 새우전 반죽을 피망으로 감싸서 지지면 더 맛있을 것 같다는 생각을 했다. 뜻밖에도 피망은 구울수록 맛이 이상해졌다고.

"형형이 한 음식은 다 맛없어!"

제규는 환청이 들렸다. 꽃차남의 목소리가 음성지원되는 듯했다. 그러나 당황하지 않았다. '플랜 B'가 있으니까. 그건 바로 돈가스. 제규는 아파트 단지 상가에 있는 정육점으로 달려갔다. 돼지고기 등심을 평소보다 두 배 더 주문했다. 가게 사장님에게는 "최대한 얇게 해주세요"라고 부탁했다.

제규는 얼마 전에 인터넷으로 '연 매출 1억' 돈가스 가게를 보았다. 돈가스 만드는 고기를 대패삼겹살처럼 얇은 걸로 쓰고 있었다. 돈가스를 만들 때는 무조건 두툼한 고기를 선호하던 제규는 색다른 조리법을 눈여겨봤다. 그래서 고기를 얇게 펴서 치즈를 넣고 돌돌돌 말아보았다. (제규가 요리한 뒤에 인터뷰를 해서 조리 과정을 알게 되는) 나는 물었다.

"고기를 말면 풀어지잖아. 꼬치 같은 걸로 고정시켜야 하지 않아?"

"아니~ 고기에 밀가루랑 달걀, 빵가루 입히면 알아서 잘 뭉쳐져요."

"모를 수도 있지. 왜 짜증을 내?"

"너무 모르잖아요. 어떻게 고기만 해서 튀기겠어? 옷을 입히는 거라니까요."

기분이 나빴다. 제규의 거만한 태도 때문만은 아니었다. 솔직히 말하자면, 조리과정이 완전하게 이해되지 않았다. 제규는 내 표정만 보고도 감이 왔는지, "엄마, 무슨 말인지 못 알아들었죠?"라고 했다. 나는 "어"라고 힘없이 실토했다. 제규는 안방 이불장에서 가장 얇은 여름 이불을 꺼내 와서 펼쳤다.

"엄마, 이게 고기라고 생각해봐요. 엄청나게 얇잖아. 여기에 치즈(베개로 대신했음)를 넣고, 돌돌돌 말아. 두꺼워지잖아요. 고기도 이렇게 내가 좋아하는 스타일로 두꺼워진다니까요. 그러면 튀김옷을 입힌다고요!"

제규가 돈가스를 거의 다 했을 때, 꽃차남은 잠에서 깼다. 바로 식탁에 와서 앉았다. 요리할 때, 누가 옆에서 얼씬거리는 걸 싫어하는 제규는 마음이 바빠졌다. 샐러드 그릇을 옮기면서 나보고 "밥 좀 퍼 줘요"라고 했다. 김치도 그릇에 담고, 수저 젓가락도 놔달라고 했다.

배고팠는지, 꽃차남은 인상을 쓴 채로 "엄마, 빨리 사진 찍어요"라고 보챘다. 밥상 사진을 찍자마자 제규는 작은 접시를 꺼내왔다. 돈가스를 꽃차남이 먹기 좋게 잘라서 따로 작은 접시에 놔줬다. 한 입 먹은 꽃차남의 기분이 좋아보였다. 제규는 그 틈을 타서 동생에게 "캠프 가서 누가 제일 보고 싶었어? 형형은 너 진짜 많이 보고 싶었어"라고 했다. 나는 속으로 '평소에 싸우지나 말지' 하고 생각했다. 꽃차남은 대답했다.

"엄마랑 아빠 보고 싶은 마음은 무한대. 강제규 보고 싶은 마음은 0. 안 보고 싶은 마음이 무한대였어!"

예상했던 답이었다. 제규는 조금도 타격받지 않았다. 돈가스가 완전 맛있게 됐다면서, "내일 아침 일찍 일어나서 해 먹고 학교 가야지"라고 했다. 꽃차남도 엇비슷했다. 제 형이 차린 '환영만찬'을 끝내다 먹지 않았다. 시후를 데리러 간다고 나가서는 집으로 돌아오지 않았다. 밥상을 치우는 제규는 동생이 먹다 남긴 돈가스를 마저 먹었다.

"엄마, 우리 집 밥상 권력 1인자가 누군지 알아요? 꽃차남이야. 걔를 먹여야 하니까 밥을 신경 써서 차리잖아요."

제규도 태어나서 10년간은 권좌에 있었다. 입이 짧아서 또래보다 한참이나 작던 제규에게 남편은 충성을 바쳤다. 일하다가도, 제규가 먹고 싶은 음식을 말하면 집으로 달려와서 만들어줬다. 그러니 우리 집의 새로운 밥상 권력 1인자 꽃차남이 나타났을 때, 제규의 슬픔은 깊었다. 추스르는 데 시간이 걸렸다. 이제는 안다. 권력을 영원히 가질 수 있는 사람은 없다는 걸. 그게 한 집안의 밥상 권력일지라도.

소년의 레시피

새우피망전

피망 속에 새우전이 들어 있어서 눈길이 간다.
새우를 다지지 말고 돌돌돌 말아서 전을 해도 괜찮을 것 같다.

재료:
새우(냉동새우 가능), 피망, 기름, 계란, 두부, 소금, 후추, 밀가루

1 두부와 새우를 다진다.

2 새우에 소금과 후추를 뿌린다.

3 피망은 너무 두껍지 않게 모양을 유지한 채 자른다(너무 두꺼우면 안 익고, 너무 얇으면 모양이 부서진다. 적당한 두께로 잘 자른다).

4 두부와 새우를 잘 섞어 반죽을 만든다.

5 피망 안에 반죽을 잘 넣어 모양을 잡는다.

6 5번에 밀가루를 잘 묻힌다. 그리고 계란 물로 옷을 입힌다.

7 팬에 기름을 두른 후 잘 구워 낸다.

알뜰한 요리 기술자의 토마토 스파게티 소스

기술이 있으면
집안을 지배한다

밤 11시. 침대에 누워야 할 제규는 부엌으로 갔다. 토마토 세 개에 칼집을 넣어서 끓는 물에 데쳤다. 껍질을 벗겨서 으깼다. 프라이팬에 올리브유를 두르고는 다진 양파와 마늘을 넣어서 볶았다. 바질과 파슬리, 월계수 잎도 넣었다. 거기에 으깬 토마토와 파마산 치즈를 넣고 끓였다. 25분쯤 뒤에 토마토 스파게티 소스가 만들어졌다.

"강제규, 잘 시간 넘었잖아!"

"냉장고에 토마토가 많아요. 그래서 스파게티 소스 한번 만들어봤어요. 이거 자연드림에서 사면, 만 원 정도 하잖아요. 앞으로 소스는 내가 만들어도 되겠어요. 토마토 세 개에 3천 원 조금 넘거든요. 양파랑 나머지는 집에 다 있으니까."

다음 날, 제규는 생애 최초로 생긴 자신의 체크카드(잔액 5만 원)를 들고 장을 보러 갔다. 채소를 살 때마다 가격 때문에 망설였던 방울 양배추를 샀다. 1킬로그램에 15,000원. 신이 나서 집으로 왔다. 채 썬 방울 양배추를 카프레제 샐러드 위에 조금 올렸다. 끓는 물에 버터를 녹이고(엄마는 버터를 싫어해서 적당량을 고민했음) 소금 간을 해서 방울 양배추를 데쳤다.

제규는 스파게티 면을 삶으려고 냄비에 물을 붓고 끓였다. 전날 만들어놓은 스파게티 소스를 냉장고에서 꺼냈다. 물이 팔팔 끓었다. 면을 꺼냈다. 유심하게 봤더니 쌀벌레 같은 벌레가 한 마리 있었다. 유통기한을 보니까 2017년. 제규는 식약청에 신고하자고 맘을 먹었다. 그러나 식약청 홈페이지는 열리지 않았다.

"요리할 마음이 싹 가셨어요. 근데 갑자기 큰형(옆 동에 사는 사촌형)이 족발이랑 치킨 있다고 밥 먹으러 오래요. 작은형네 식구도 왔다면서 내가 한 음식도 들고 오래요. 사실 좀 그랬지. 큰형수님이랑 작은형수님 입맛에 방울 양배추가 안 맞을까 봐요. 원래 버터를 많이 넣고 데쳐야 하는데 엄마가 까다로우니까 조금만 넣고 했잖아요."

제규의 사촌형들과 형수들은 자세가 아름다웠다. 음식을 먹어보기도 전에 감탄하고는 사진부터 찍었다. '셰프'라고 치켜세워줬다. 그러나 두 살, 다섯 살인 제규의 조카들은 솔직담백했다. 제 엄마가 샐러드 속의 치즈만 골라서 먹여줘도 뱉어냈다. 제규는 개의치 않았다. 좋아하는 육식을 기분 좋게 먹었다.

"제규야, 쏘야(소시지야채볶음) 어때? 셰프가 해주는 술안주 한번 먹어보자."

큰형이 말했다. 작은형도 "오호!" 환호성을 질렀다. 제규는 '쏘야'를 해본 적이 없다. 형네 집 주방에 들어가는 것도 어색해서 그대로 앉아 있었다. 그래도 큰형이 부엌으로 가자 뒤따라갔다. 제규는 양파를 채 썰어서 볶고, 소시지를 넣었다. 큰형은 볶고 있는 음식에 고추장과 케첩을 넣으려고 했다. 제규는 "형, 물에 풀어서 넣어요. 안 그럼 되직할걸?"이라고 말했다.

'쏘야'를 그릇에 담아서 거실로 온 큰형. "제규는 '쉽쥬?' 하는 백종원이야. 완전히 잘하대요"라고 했다. 제규는 큰형의 칭찬을 듣지 못했다. 혼자 부엌에 남아 뒷정리를 했다. 그릇을 싹 설거지하고, 싱크대도 정리했다. 우리 집에서 가져온 접시도 씻어서 따로 챙겨났다.
　집에 온 제규는 한숨을 쉬었다. 프라이팬과 도마, 그릇들이 싱크대 안에 처박혀 있었다. 나는 "비켜! 엄마가 치울게. 너는 네 일이나 해"라고 말했다. 생각해보니 저녁밥 먹고 치우는 건 제규의 일. 그냥 해줘서는 안 될 것 같아서 "제규야, 꽃차남 좀 씻겨"라고 했다. 제규는 "꽃차남이랑 좀 싸워"라고 알아들은 모양이었다.

열 살 차이 나는 '의좋은 형제'의 '달달한' 말다툼 소리가 들렸다. 쿵쾅거리는 소리까지. 형보다 늦게 태어난 게 억울한 꽃차남은 제규 방으로 갔다. "형형이 아끼는 거 없애버릴 거야"라면서 레시피 노트를 집어 들었다. 그러나 레시피 노트의 뒷면, 글씨가 안 써진 부분을 골라 찢어냈다. 동시에 제규의 주먹이 꽃차남에게 나갔다.

제규는 레시피 노트를 쓰고 있다. 자칭 보물 1호. 노트 스프링이 휘었다고 엄청나게 속상해 했다. 음식 사진을 오려서 붙일 때도 공을 들인다. 그런데 고이 모셔두지는 않는다. 침대나 책상 위, 거실 탁자나 식탁 위에서 굴러다닌다. 일주일에 한 번 꼴로, 레시피 노트를 찾느라고 난리가 난다.

"지난주에 레시피 노트 갖고 선규쌤(중학교 때 다닌 수학학원 선생님) 한테 갔어요. 학원 다닐 때, 숙제도 안 해갔잖아요. 공부도 진짜 안 하고. 근데 지금 이렇게 잘한다고 보여주고 싶었지. 선생님이 나중에 노트 낡아서 펼 수도 없게 되면 갖고 오래요. 노트 오래 보관하게 해줄 거래. 그리고 나보고 한국에서 요리사로 살기 힘드니까 호주로 가래요."

116   소년의
                                                    레시피

제규는 중학교 때 수학학원에 다녔다. 성적과는 무관, 수업 끝나고 친구들과 노는 걸 좋아했다. 나는 학원비 내는 날마다 '그만 다니라고 할까' 고민했다. 제규는 다니고 싶어 했다. 고등학교 입학해서는 "학원 헛 다닌 거 아니에요. 거기서 성헌이 안 만났으면 아는 애 없어서 '혼밥' 했을 거예요"라고 큰소리쳤다. 그러나 지금은 후회한단다.

"3년 동안 학원비 낸 거 천만 원 정도 하지요? 그 돈이면 식기세척기도 더 좋은 걸로 살 수 있는데. 다른 것도 좀 사고요."

고등학생이 된 제규는 느닷없이 밥을 하겠다고 했다. 나는 '야자 하기 싫어서 그럴 거야' 생각했다. 그러나 갑자기 그림을 그리겠다고, 축구를 하겠다고, 바이올린을 하겠다고 했을 때처럼, "그래, 해봐"라고 했다. 그 뒤로 8개월, 방과 후에 저녁밥을 하던 제규는 아침에도 혼자 일어난다. 좋아하는 웹툰을 보면서 스스로 차린 밥을 먹는 게 낙이라고 한다.

여전히 제규의 관심분야 1위는 게임, 그 중에서도 '하스스톤'. 내가 전혀 모르는 세계다. 우리는 서로 말이 안 통하는 게 당연하다. 그러나 서로 짜증을 내면서도 말을 많이 한다. 제규는 나에게 웹툰 〈송곳〉이 휴재 중인 것을 알려준다. 유럽은 학교에서 학생들에게 노조교육을 한다는 것도 말한다. 그러고는 확신하듯 묻는다.

"엄마, 내가 커서 노조 하면 엄마는 무조건 하라고 할 거지요?"

"해도 되지. 미국 대통령 오바마도 노조 하라고 하잖아. 근데 우리 나라 노조는 고통을 많이 당하니까 엄마는 걱정될 거야. 더구나 요리사는 노조 자체가 거의 없대."

"나는 고등학교 졸업하면 호주 갈 거예요. 해도 거기 가서 할 걸?"

열일곱 살, 언제 마음이 바뀔지 모른다. "대학 안 가요. 수능도 당연히 안 봐요"라는 말도 변심할 수 있다. 그러나 가장 중요한 건 지금 이 순간. 내 수준에서 아들이 하겠다는 일을 돕고 싶다. 기쁘게 해주고 싶다. "엄마가 이렇게 신경 쓰고 있다" 하면서 생색을 내고 싶다. 생협에 가서 제규가 쓰는 스파게티 소스를 사다 놨다.

방과 후, 제규는 '필'이 꽂히는 날에는 저녁 메뉴 할 재료를 사서 집에 온다. 장을 안 봐도 문제는 없다. 냉장고에 웬만한 건 다 있다. 제규는 옷을 갈아입고 손을 꼼꼼하게 씻는다. 놀고 있는 꽃차남한테 가서 괜한 시비를 걸어본다. 그리고는 부엌으로 가서 냉장고 안을 살핀다. 그런데 어제는 좀 당황한 모양이었다.

"엄마, 토마토 스파게티 소스 왜 사다 놨어요? 만들어 먹는 게 더 이득이라고요. 이렇게 제품 사면 돈 아깝잖아요. 우리 집에 진짜 필요한 건 감자인데, 몇 개 없다고요."

제규는 부엌 베란다에서 쭈그러든 감자 몇 개를 꺼내왔다. 이틀 전에 인터넷에서 본 음식을 하기로 했다. 감자는 껍질을 벗기지 않고 칼집을 냈다. 오븐을 예열하는 동안 칼집 낸 감자 안에다가 버터와 치즈, 설탕과 소금을 적당히 넣었다. 그리고는 오븐에 감자를 집어넣었다. 삼겹살로 수육도 했다. 방울 양배추도 다듬어서 데쳤다.

부엌에서 맛있는 냄새가 나면, 꽃차남은 "강제규, 세상에서 제일 싫어" 하면서도 부엌으로 간다. 제 형이 접시에 음식을 담기도 전에 먹고 싶다고 한다. 제규는 그때 좀 행복하다. 어제는 끓고 있는 수육 중에서 작은 걸 골라서 호호 불어 꽃차남에게 주었다. 기분이 좋아진 꽃차남은 화장지를 꺼내서 냅킨을 만들어 수저를 놓았다.

"내년에 초등학교 가면 어쩔려고 그래?"

제규는 내가 할 잔소리를 한다. 꽃차남은 아직도 식탁예절이 몸에 배지 않았다. 돌아다니고, 혼자서 젓가락질도 잘 안 한다. 나는 피곤하니까 얼른 쉬고 싶어서 꽃차남 밥을 떠먹인다. 제규 눈치가 보인다. 그래서 어제는 "엄마가 설거지 할게"라고 했다. 제규는 소파로 가서 당당하게 스마트폰을 했다. (밥 하는) 기술 가진 사람이 집 안을 지배한다.

토마토 스파게티 소스

웬만한 생 토마토로는 우리가 접하는 토마토 소스 색이 안 나온다.
토마토 홀(통조림)을 쓰는 게 좋다.

재료:
토마토 홀(생 토마토로 해도 된다), 양파 1개, 소금, 파마산 치즈, 월계수 잎, 바질가루, 올리브유

1   양파를 다진다(반은 잘게 다지고, 반은 씹는 맛이 날 정도의 크기로 자른다).

2   토마토 홀을 간다 (만약 생 토마토면 꼭지 반대 부분에 ＊모양으로 칼집을 내준다. 물에 데친 후
    칼집 주위로 껍질을 다 벗긴다. 씨를 빼고 갈아야 한다).

3   팬에 올리브유를 두른 후 양파를 볶는다.

4   양파가 투명해지면 소금을 넣고 볶다가 2번을 넣는다.

5   파마산 치즈로 맛과 농도를 맞춘다.

6   바질과 파슬리로 멋을 더한다.

7   월계수 잎을 넣고 낮은 온도로 정성스럽게 끓여준다.

아픈 엄마를 위해 아들이 끓여주는 죽

진정한 자립은
다른 사람을 위해 요리할 때 시작된다

월요일, 제규는 천 원에 세 개 주는 가지를 샀다. 집에 오자마자 손을 꼼꼼하게 씻고 반쪽으로 잘라서 속을 파냈다. 파낸 가지 속은 따로 다졌다. 거기에 미리 만들어둔 토마토 소스를 넣고, 토마토를 썰어서 볶았다. 그것들은 다시 속을 파낸 가지에 넣고는 생 모차렐라 치즈를 얇게 썰어서 올렸다. 그리고 오븐에 구웠다.

"제규야, 미안. 진짜 맛있는데 한 개만 먹을게. 엄마가 낮에 리소토를 먹어서 그런가? 속이 불편해. 잘 놔뒀다가 내일 먹어도 되지?"

화요일, 제규는 동생이 먹다 남긴 고구마를 으깼다. 고구마 경단을 바삭하게 만들고 싶어서 콘플레이크와 견과류도 으깼다. 서너 개만 만들려고 했는데 꽃차남이 "형형, 나도 할래"라고 끼어들었다. 만든 경단은 한 접시뿐인데 부엌은 난장판이 됐다. 제규는 밥상을 차리기 전에 청소기를 밀었다. 일 마친 내게 아이들은 어서 먹어보라고 재촉했다.

"진짜 미안해. 지금 경단은 못 먹을 것 같아. 그냥 밥만 먹을게."

수요일, 남편이 학교와 유치원에 가서 아이들을 직접 데려왔다. 오자마자 채소를 씻고, 고기를 볶고, 샐러드를 만들었다. 부엌을 혼자 차지하고 요리하는 걸 좋아하는 제규는 아빠가 있으면 제 방으로 들어간다. 저녁 약속이 있어서 마음이 바쁜 남편은 신속하게 음식만 하고 나갔다. 그때야 제규는 방에서 나와 밥상을 차렸다.

푸성귀가 많은 식단, 딱 내 스타일. 그러나 잘 먹지 못 하겠다. 제규는 "왜요?" 하면서 나를 봤다. 나는 "이따가 9시부터 금식해야 해. 내일 아침에 간 검사랑 위 내시경 하거든"이라고 말했다. 꽃차남은 "엄마, 그때처럼 병원에서 몇 밤 자고 오는 거야?"라고 물었다. 이모네 집에 자기를 맡겨주라면서 "만화 봐야지" 하고 즐거워했다.

지난해 이맘 때, 나는 속이 불편했다. 음식을 먹으면 목구멍에 걸리는 듯했다. 뭔가가 가슴께를 짓누르는 것도 같았다. 골치까지 아팠다. 위 수면내시경을 했더니 만성위염. 한두 달 정도 처방해준 약을 먹었다. 마시지 말라는 커피도 멀리했다. 좀 괜찮아지자 다시 커피를 마셨다. 먹는 게 귀찮다고 낮에는 끼니도 걸렀다. 도로 속이 답답하고 머리가 아파왔다.

목요일, 위 내시경 검사를 받았다. 매끄러워야 할 위는 울퉁불퉁. 이상하게 생긴 것 두 개는 떼어내 조직검사를 하기로 했다. 그 얘기를 담담한 척 들었지만 힘이 풀렸다. 꽃차남을 임신했을 때는 진료만 하러 갔는데 바로 입원하라고 해서 두 달간 대학병원에서 지낸 적도 있다. C형 간염 치료 중에는 갑상선 기능 저하증이 와서 평생 약을 먹어야 한다.

"그냥 짜증이 나. 큰 병은 아니겠지. 그래도 계속 병원 다니면서 돈 바치고 시간 들일 걸 생각하면 진이 빠진다고. 너도 알지? 조직검사만 하고 끝난 적이 없잖아. 왼쪽 가슴에서 섬유선종인가 빼내는 수술도 하고, 빈혈 원인 찾는다고 위랑 장까지 내시경을 하고는 결국 자궁근종 때문에 출혈 있다고 수술하고. 이게 끝나지를 않는다고."

나는 병원에서 오자마자 동생 지현에게 하소연을 했다. 지현은 재깍 우리 집으로 와서는 "자매(지현이 나를 부르는 호칭)가 아프면, 이 집이 어떻게 되는 줄 알아?"라고 물었다. 쓰레기를 버릴 사람이 없게 된다고, 형부 팬티하고 제규 팬티하고 구분할 사람이 없게 된다고, 그런 중요한 노릇을 하는 사람이 나라고 일깨워줬다.

금식한 지 15시간 만에 지현이 끓여준 죽을 먹었다. 비관적인 생각이 좀 가셨다. 소설가 존 스타인벡은 나쁜 습관도 좋은 거라고 했다. 몸이 아프면 나쁜 습관만 고치면 되니까. 그런 것도 하나 없는데 병들면 죽는 거라고. 일단, 나는 커피에 우유를 부어서 한 잔 마시고 밥벌이를 했다. 조직검사 결과가 나오는 1주일 뒤부터는 좋은 습관을 유지할 거니까.

학교에 갔다 온 제규는 손을 씻고 부엌으로 갔다. 냄비에는 죽이 남아 있었다. 제규는 '엄마는 아파서 죽 먹어야 되나 보다'라고 생각했다. 지난 봄, 요리학원에 잠깐 다닐 때 배운 죽 레시피를 떠올려봤다. 쌀을 30분간 불린다. 불린 쌀 반절은 환자들의 소화를 돕기 위해 절구에다가 으깬다. 소고기는 한식 양념으로 잰다.

"간장, 설탕, 참기름, 깨, 소금, 다진 파, 마늘로 만드는 게 한식 양념이에요. 양념한 소고기를 냄비에 볶다가 불린 쌀을 같이 넣어서 농도를 맞춰. 쌀이 너무 많으면 진 밥이 되니까 물을 조절해요. 마지막에 국 간장으로 색깔 내고요. 근데 나는 시간이 없어서 쌀을 안 불리고 아빠가 예약취사 해놓은 밥이 있어서 그걸로 끓였어요."

꽃차남은 밥상을 보고 "이런 죽 싫어. 흑임자죽만 좋아"라고 했다. 제규는 "너 좋아하는 새우요리 했잖아. 두부김치도 있고"라며 달랬다. 일곱 살, 모든 게 마음에 안 드는 유아 사춘기인 꽃차남은 계속 반찬 투정을 했다. 평소 같았으면 "어쩌라고?" 큰소리를 치고 있을 제규는 고요했다. 그러니 형제간의 국지전은 불발됐다.

"잘 먹었어. 고마워. 근데 왜 너네도 죽 먹었어? 싫어하잖아."
"엄마 혼자만 먹으면 그렇잖아. (울먹) 쓸쓸하잖아요."
"오호, 엄마가 저번처럼 주사 많이 맞아서 머리카락 빠지면 어쩔래? 머리도 깎을 기세다."
"그건 아니고요. 머릿발이 얼마나 중요한데."

제규는 꽃차남에게 "오늘만큼은 엄마 힘들게 하지 마"라고 당부했다. 그 말을 귓등으로 들은 꽃차남은 만들기 숙제 해야 하는데 투명 테이프가 떨어졌다며 뒹굴고 울었다. 제규는 눈이 내리는데 문구점에 갔다. 공책에 온갖 캐릭터와 무기 아이템을 그려놓고는 꽃차남에게 장착해주었다. 대평화! 만족한 꽃차남은 안방에 가서 놀고, 제규와 나만 거실에 남았다.

나는 《소년이여, 요리하라!》를 읽으면서 낄낄거렸다. 요리를 해본 적 없는 전계수 씨는 호주로 워킹 홀리데이를 간다. 그곳에서 난생 처음 김치를 담근다. 맛있다. 그 뒤로 물김치, 된장찌개, 감자조림, 김밥, 잡채, 해물탕 등을 한다. 급기야는 룸메이트 친구들의 부모님까지 초대해서 한국 음식을 차려 파티를 연다. 이미 책을 읽은 제규는 말했다.

"엄마, 나는 '고기는 항상 옳다' 챕터가 재밌었어요. '먹으면서 이거 보면 꿀잼일걸?'에 나온 초창기 〈심슨 가족〉도 보고 싶고요. 엄마는 책에 나온 요리 중에서 미역국만 해봤죠?"
"아니지. 볶음밥도 해 줬잖아. 네가 유치원 다닐 때라 생각 안 나겠지만."
"나는 책에 나온 요리 이미 다 해봤어요. 그것도 여러 번씩."

제규는 야자 대신 저녁밥을 하겠다면서 갑자기 부엌에 들어섰다. 그 순간에 바로 엄마의 수준을 뛰어넘었다. 책에서 노명우 씨는 '진정한 자립은 나를 위한 요리뿐만 아니라 다른 사람을 위해 요리할 때 비로소 시작된다'고 했다. 이 책의 부제목은 '자립 지수 만렙을 위한 소년 맞춤 레시피'. 그렇다면 제규는 이미 어른이 되고도 남았다.

그러나 내 눈에는 아직도 '품 안의 자식'. 샤워 짧게 해라, 스마트폰 그만 해라, 책 좀 읽어라, 일찍 자라… 같은 잔소리가 끝도 없이 나온다. 열 살 아래 동생이랑 싸우는 꼴을 볼 때마다 울화통이 터진다. 그런 제규는 저녁마다 식구들 밥을 차리고, 아침에는 혼자 일어나서 밥 먹고 학교에 간다. 식구라고 해도, 냉정한 평가를 할 줄 아는 '어른'이다.

"아빠는 대학생이었을 때부터 멋있었네요. 엄마 자취방에 중고 냉장고 샀을 때 김치 담가줬다면서요?"
"응. 근데 요리 잘해야만 멋있는 거냐? 엄마한테는 뭐 그런 격찬 같은 거 없어?"
"엄마도 나름대로의 멋짐이 있겠지요. (웃음) 내가 아직 몰라서 문제지만요."

꽃차남은 어느새 제규 옆으로 왔다. 주먹이나 고성이 오가지 않는 형제를 보는 건 '백만 년' 만의 일. 나는 이 역사적인 순간을 찍어서 동생 지현에게 카톡으로 보냈다. 저녁으로 먹은 죽 사진도 보내면서 "쪼까 아픈 것도 좋아"라고 했다. 지현은 조카들이 좋아하지 않으면서도 엄마랑 같이 죽을 먹었다고 칭찬했다.

"자매는 먹을 복이 장난 아니야. 1970년대도 아닌데, 고등학생 아들한테 죽을 받아 먹네이!"

죽

오래 끓일수록 맛있고, 단순할수록 맛있다.

재료:

새우, 쌀, 참기름, 소금, 후추, 물, 당근

1   쌀을 물에 불린다.

2   불린 쌀을 뺀다.

3   당근을 잘게 다진다.

4   새우를 잘게 다진다(너무 다지진 말고).

5   후추와 소금을 새우에 뿌린다.

6   팬에 약간의 참기름을 두르고 당근을 볶는다.

7   새우를 넣는다.

8   뺀 쌀을 넣는다.

9   물을 조절해가면서 끓인다(쌀 : 물 = 1 : 3).

10   소금으로 간을 한다.

요리를 하자
자랑할 것이 생겼다

"엄마, 카드! 카드 챙겼어요? 모임 가서 아들 자랑 많이 하고요. 꼭
커피 사세요."

언제부터였을까. 자식 자랑을 하는 사람은 밥이나 차를 사야 한
다. 반장이 됐거나 1등을 했을 때. 모범 어린이상을 받거나 달리기에
서 1등을 해도 그렇다. 그런 경사는 다른 아이들의 몫. 제규는 무욕
의 아이. 관심 없었다. 나는 가끔씩 "우리 아들 덕분에 엄마는 돈 아
끼고 좋아"라고 말했다. 그런데 제규도 뭔가를 하고 말았다. 학생 경
력 10년 차에.

2015년 겨울. 제규가 다니는 군산 동고등학교에서는 '꿈 발표 대회'

를 열었다. 기말고사가 끝난 직후였다. 제규의 꿈은 주방장, 작은 식당을 열고 싶다는 내용으로 A4 9장짜리 프레젠테이션 문서를 만들었다. 반 친구들은 시험공부 하느라 준비를 많이 안 한 모양이었다. 제규가 덜컥 1학년 6반 대표로 나가게 되었다. 제규 자신도 예상 못한 결과였다.

"발표자로 나가려니까 너무 떨렸어요. 나는 누구한테 시선 받는 거 싫어서 그런 거 안 해봤잖아요. 내가 네 번째 발표자인데 앞에서 애들이 말하는 게 하나도 안 들렸어. 그냥 눈앞이 캄캄했어요. 마이크 잡을 줄도 몰랐지. 김나라 선생님이 마이크 잡아주러 와서 옆에 서 계시니까 한결 낫더라고요. 준비한 게 생각이 안 나서 애드립으로 넘어간 것도 있어요."

나는 그 현장에 있었다. 바쁜 월요일 오전, 만사 제치고 갔다. 남편한테는 "초딩도 아니고, 무슨 고등학생들 꿈 발표 대회에 학부모를 초대하냐"면서 웃었다. 남편은 "역사적인 날이야. 처음부터 끝까지 동영상 잘 찍어와"라고 말했다. 보러 온 학부모는 열 명 안팎. 시작부터 경쾌했다. 교장선생님 인사말이 무척 짧아서 그렇게 느껴졌다.

제규 차례가 왔다. 사회를 보는 김나라 선생님은 제규를 "1학년 중에서 가장 꿈이 확실한 학생"이라고 소개했다. 순간, 울컥했다. 선생님이 극찬을 해서 그런 게 아니다. 담임 선생님도 아닌데 우리 제규를 알고 있어서 그랬다. 중학교 때, 제규 담임 선생님은 갑자기 "너는 몇 반인데 여기 와 있냐?"고 물은 적 있다. 그것도 종례 시간에.

제규는 아침에 일찍 일어나 혼자 밥을 차려먹는다는 것과 저녁이면 식구들이 먹도록 밥상을 차린다는 얘기를 했다. 그동안 자신이 한 음식 사진을 보여주면서 설명했다. 첫 번째로 나온 음식은 어묵전골. 나는 어린 제규와 〈아따맘마〉라는 만화영화에 열광했다. 찬바람이 불면 그 집 식구들은 어묵전골을 먹었다. 제규는 그게 생각난다고 글로 쓰기도 했다.

그러나 제규는 어묵을 먹지 않는다. "생선 그대로 먹어야지, 어묵은 별로야." 학생 때부터 떡볶이를 좋아했던 나는 뜨끈한 어묵도 좋아한다. 제규는 순전히 엄마 때문에 무와 멸치, 다시마로 육수를 내어묵전골을 했다. 음식을 다 만들고 나면, 뭔가 엄청나게 풍성한 느낌이 들어서 기분 좋은 음식이라고 레시피 노트에 적어놨다.

"다른 사람들은 엄마표 밥상이라고 하지만 저희 엄마는 요리 솜씨가 없으십니다. 그래서 매일 먹는 밥을 아빠가 해주십니다. 이유식부터 소풍 김밥까지 다 아빠가 해주셨습니다. 저한테는 아빠표 손맛밥상입니다."

후반부로 가면서 제규는 준비한 대로 잘 읽었다. 긴장이 풀려가는 모양이었다. '아빠표 손맛 밥상'이라는 말에 학생들은 빵 터졌다. 나도 요리 못하는 엄마가 아닌 척하며 따라 웃었다. 제규는 고등학교를 졸업하면 호주로 가서 음식을 배우고 싶다고 했다. 담임 선생님 덕분에 쓰는 영어 레시피 노트까지 자랑하고 발표를 끝냈다.

그날 저녁, 우리 부부는 꿈 발표 대회에 나간 제규 얘기를 하고 또 했다. 다음 날에는 동생 지현에게 열 번도 더 했다. 제 언니가 세련되지 못한 행동을 할 때마다 '늙수그레'라고 놀리는 지현은 "우리 제규는 타고났어. 한 번 본 것도 다 따라서 만든다니까" 하며 맞장구를 쳤다. 새해 첫날, 식구들이 다 모인 시가에서도 자랑을 좀 했다.

삶은 계속된다. 며칠도 못 가서 본성이 나왔다. 내 눈에서는 광선이 나왔다. 영원할 것 같던 아들 자랑은 멈췄다. 1월 5일이었다. 아침 6시에 혼자 일어나서 동네 공원에 갔다 온 제규는 하루 종일 잠만 잤다. 화장실에 갈 때도 잠에 취해서 비틀비틀 걸어갔다. 유치원 방학한 꽃차남을 방치한 채로 밥벌이하는 내 마음은 편치 않았다.

"강제규, 엄마 씨름 왕 출신인 거 알지? 새벽 6시로 맞춰놓은 알람 꺼라."
"안 그래도 껐어요. 진짜 함부로 산에 가는 거 아니야."

다음 날, 제규는 아빠가 차려놓은 아침을 먹고는 침대로 갔다. 엎드려서 음식만화책《오므라이스 잼잼》을 읽었다. 낮에는 수육을 해서 밥상을 차렸다. 낮잠을 자고 일어나서는 동생한테 간식을 만들어주었다. 밥벌이 중인 내게 카톡으로 "저녁에 파스타 어때요? 명란 파스타"라고 물었다. 나는 우선 침묵, 그러고는 "별로"라고 했다.

제규는 집에서 3분 거리인 시장으로 갔다. 파스타에 대한 미련이 남아서 명란을 샀다. 한 번도 먹어보지 않은 맛이 궁금했단다. 꼬막도 샀다. 며칠 전부터 시도해보고 싶었던 재료였다. 집에 와서 꼬막을 굵은 소금으로 박박 씻고는 맑은 물로 또 씻었다. 어간장, (양파장아찌에 있던) 홍고추에 설탕과 후추를 넣어 양념장을 만들었다.

"꺄아! 완전 멋지다. 근데 제규야, 꼬막 어떻게 삶았어?"

"책에 꼬막 삶는 거 나와요. 국악인 신영희 씨가 너무 많이 익히지도 말고, 너무 조금 익히지도 말래요. 꼬막이 스스로 입 벌릴 때까지 삶으면 안 된대요. 나는 처음 삶아 보니까, 이때다 싶을 때 꺼냈지."

자랑하고 싶은 제규는 아빠한테 전화해서 언제 오느냐고 물었다. "늦어. 왜?"라고 묻는 남편 목소리가 들렸다. 나는 엄청난 속도로 꼬막을 까먹으면서 "엄마 어릴 때 많이 먹었거든. 그때보다 더 맛있다야" 하고 말했다. 제규도 맛있단다. 하지만 꼬막을 씻을 때는 이물질이 많이 나와서 먹고 싶지 않았다고. 수북하게 쌓인 꼬막 껍질을 치운 제규는 말했다.

"엄마, 내일 아침 메뉴 뭔 줄 알아요?"
"모르지. 아침부터 고기는 안 돼."
"꼬막 어때요? 아직도 많이 남았거든요."

맛있게 먹은 꼬막 덕분에 옛날 일이 생생해진다. 내가 자란 전남 영광에서도 잔칫상에는 수북하게 꼬막무침이 올라왔다. 우리 동네는 산골, 아주머니들은 꼭두새벽에 찬바람을 가르고 바닷가인 백수까지 걸어가서 꼬막을 잡아왔다. "이놈의 것, 한 번 먹을라믄 얼마나 공력을 들여야쓰는지 몰라야" 하면서도, 식구들 먹이려고 분주하게 움직이던 손들.

나는 제규의 커다란 손을 잡아봤다. 제 아빠를 닮은 손가락은 길고 곧다. 그 손으로 얼마나 많은 음식을 만들 것인가. 그 음식을 먹으며 얼마나 많은 사람이 옛 생각을 할 것인가. 그러니까 아낄 수 있을 때에는 제규 손을 아끼자. 영화 등급처럼, 손이 많이 가는 요리에는 나이 제한을 두면 어떨까. 나부터 나섰다. "집에서는 꼬막무침 먹지 말자!"

꼬막무침

꼬막은 자체에 뻘이 많이 묻어 있기 때문에 항상 깨끗이 씻어야 한다.
씻는 과정이 요리의 절반을 차지한다.

재료:
꼬막, 간장, 마늘, 파, 홍고추, 설탕, 물

1   꼬막을 씻는다.

2   홍고추, 마늘, 파를 다진다.

3   간장, 설탕, 홍고추, 마늘, 파를 섞어 양념장을 만든다.

4   꼬막을 삶는다. 꼬막이 스스로 입을 벌릴 때까지 삶으면 절대 안 된다(너무 질겨짐).

5   꼬막을 어느 정도 삶으면 큰 그릇을 준비한다.

6   꼬막을 찬물에 헹구고 숟가락을 이용해서 꼬막 뒷부분을 따면 된다.

7   딸 때 나오는 국물은 큰 그릇에 모아서 양념장이랑 섞는다.

8   꼬막 위에 양념장과 남은 국물을 뿌려서 만들면 된다.

진심으로 수련하는 자의
태도에 관하여

고등학교 때, 랭보의 시집 《지옥에서 보낸 한 철》을 알았다. 대학생 오빠를 둔 친구가 가져온 책. 나는 잘 알지도 못 하면서 읽었다. 대학 졸업을 앞두고는 랭보의 생애를 영화로 만든 〈토탈 이클립스〉를 봤다. 배우 레오나르도 디카프리오가 열연했어도 랭보와는 그걸로 안녕. 내 수준에서 이해가 안 되는 책이나 영화하고는 멀어졌다. 먹고살기 바빠졌으니까.

제규가 돌 지나고부터는 어린이집 겨울방학과 여름방학은 '지옥에서 보낸 한 철'이었다. 나는 일하는 엄마, 방학 때마다 '아기 제규를 어디에 맡길까' 고민했다. 제규가 초등학생이 되면서 맞은 30일간의 여름방학은 억겁의 세월처럼 느껴졌다. 다행히도 방과 후부터 밤까지 제규를 돌봐주던 분이 일찍 출근해서 낮밥까지 차려주었다.

　나는 자발적으로 '지옥에서 보낸 한 철'을 연장했다. 제규가 열한 살이 되었을 때 꽃차남을 낳았으니까. 제규는 형으로서 동생의 전투력을 높이려고만 했다. 커다란 무선자동차를 누워 있는 아기 쪽으로만 조종했다. 아장아장 걷는 동생을 뒤에서 뻥 찼다. 꽃차남은 세상에 온 지 3년쯤 됐을 때, 반격을 시작했다. 마침내 형제는 치고받고 싸울 수 있게 발전(?)했다.

　고등학생 제규와 유치원생 꽃차남은 겨울방학을 맞았다. 이 '의좋은 형제'는 하루에도 수십 번씩 싸운다. 밀리는 쪽은 꽃차남, 한쪽 눈에 있는 쌍꺼풀이 풀려서 '무쌍'이 될 정도로 많이 울었다. 평화의 순간도 있다. 제규가 음식을 하고, 맛있는 냄새에 마음이 보들보들해진 꽃차남이 제비처럼 입을 벌릴 때, 우리 집은 지상낙원이다.

　그러나 '의좋은 형제'는 희망사항일 뿐. 다투는 아이들 때문에 나만 늙고 못생겨진다. 둘은 부엌에서도 싸웠다. 떡꼬치를 만들고, 그 과정을 사진으로 찍어서 유치원 인터넷 카페에 올리라는 방학 숙제 때문이었다. 며칠 전에 제규는 닥쳐서 하면 부담되니까 미리 하자고 떡을 샀다. 꽃차남은 거들떠도 안 봤다. 개학 하루 전에야 떡꼬치를 만든 이유다.

"떡꼬치 때문에 짜증이 났어요. 그게 내 숙제예요? 나만 애타잖아. 진짜 걔는 짜증난다고요!"

제규는 떡볶이 떡을 반으로 잘랐다. 꽃차남 보고 "이거 꼬치에 꽂아"라고 했다. 꽃차남은 몇 개 하더니 꼬치로 쓰는 나무가 부러진다고 징징댔다. 제규는 설탕, 다진 마늘, 케첩, 고추장으로 양념을 만들었다. 그러나 더 맛있게 하려고 유명 블로그 레시피를 참고했다. 참기름, 간장, 고추장, 물엿으로 양념을 준비하고, 골고루 섞는 일은 꽃차남이 하도록 지도했다.

제규는 프라이팬에 기름을 두르고 떡꼬치를 구웠다. 동생 손이 델 수도 있으니까 옆에 서서 보라고만 했다. 먹음직스럽게 구워진 떡꼬치에 양념을 바를 차례. 제규는 양념 바르는 붓(이모가 사준 것이라 몹시 아낌)을 썼다. 도자기에 무늬를 새겨 넣는 장인처럼 아무 말 없이 양념 바르는 일에 몰두했다. 꽃차남은 자기도 해보고 싶다고 떼를 썼다.

"안 된다고! 이 붓은 손잡이가 나무야. 너 같은 애가 바르면 손잡이에 양념이 묻어. 그러면 씻어야 되고, 썩을 수도 있다니깐."
"주라고! 내 숙젠데 왜 형형이 하고 난리야?"

보통 때라면, 바로 제규의 주먹은 꽃차남에게 날아갔을 것이다. 그러나 그곳은 제규의 수련장인 부엌. 제규는 양념 바르는 붓을 동생에게 넘겨주었다. 꽃차남은 떡꼬치에 양념을 발랐다. 물론, 붓 손잡이에도 잔뜩 묻히면서. 제규는 "내가 이럴 줄 알았어!" 하면서 얼른 솔과 손잡이를 분리했다. 그러고는 깨끗이 닦았다.

안 그래도 제규 마음은 일주일째 편하지 않다. 요리를 하면서부터 '음식에 머리카락 떨어지면 어쩌지?'라는 고민을 가지고 있었다. 요리사 정창욱 씨를 보면서 삭발머리에 대한 호감이 높아졌다. 그러나 나는 "아기 때 네 머리 밀어준 적 있어, 안 예뻤어"라고 말렸다. 제규는 사춘기 소년, 머릿발이 중요하다는 걸 안다. 삭발은 포기했다.

자고 또 자도 시간이 아주 많은 겨울방학. 제규는 다시 "삭발하고 싶어. 삭발할래!"라고 했다. 미용실에 가서 직접 "삭발해주세요"는 못 하겠다며 나보고 같이 가자고 했다. 열흘 동안 들볶았다. 나는 결국 따라 나서서 제규가 원하는 말

을 해줬다. 5분도 안 돼서 제규 머리카락은 사라졌다. 까까머리! 제규는 "맘에 들어"라고 했다. 딱 1시간 동안만.

"아악! 나 아닌 것 같아. 엄마 때문이에요. 진짜 왜 그랬어요? 왜 끝까지 안 말렸어요? 때려서라도 말려야지요."
"진짜냐? 다음부터는 엄마가 막 장풍 쏘면서 말린다!"
"장난 아니라고요. 개학 할 때까지 머리 안 자라면 어떡해요?"

제규 마음을 좀 알겠다. 나는 불혹을 넘긴 아줌마인데도, 미용실 원장님이 맘에 안 들게 머리를 해준 날에는 밥도 안 넘어간다. 그래서 꽃차남을 재우고는 제규 침대로 갔다. 음식만화책 《오므라이스 잼잼》을 읽고 있던 제규는 나를 보자마자 머리카락도 없는 머리를 문지르며 절규했다. 머리카락과는 상관없는 문제로 화를 냈다.

"엄마, 왜 요새 밥상 사진 안 찍어요? 아침에 내가 차린 돈지루 사진도 안 찍었지요?"
"그게 돈지루야? 된장국에 고기만 엄청 많으니까 놀랐지. '모닝 육식' 못 하는 니네 엄마 밥 먹지 말라고 시위하는 줄 알았어. 밥상을 차리면 설명을 해줘야지. 식구들 다 자는데, 새벽에 밥 해놓고 들어가서 자버리면 어떻게 아냐고?"

제규는 돈지루도 모르는 엄마를 답답하게 여겼다. 돼지고기 비계와 살코기, 감자, 양파 등으로 끓인 일본식 된장국이라고 말했다. 우리나라 된장은 끓일수록 깊은 맛이 나는데, 미소된장은 끓이고 한김 식혔을 때가 맛있는 거라고. 드라마 〈심야식당〉을 보면, 마스터는 손님들이 원하는 메뉴를 만들어주는데 돈지루는 기본 메뉴로 나간다고 했다.

음식 얘기에 기분 좋아진 제규. 일본 삿포로에 있는 돈가스 식당에 가고 싶다고 했다. "돈가스랑 돈지루랑 채 썬 양배추랑 나오는 집이에요"라며 입맛을 다셨다. 근데 엄마는 싫어할 거라면서. "돈가스 고기 두께가 팔뚝만 해서 속은 덜 익혀서 먹거든요"라고 했다. 그런 돈가스를 집에서 만들려면 튀김솥이 필요하다는 요구사항까지 말했다.

"튀김솥 사줄게. 네가 밥상 차리면 사진도 꼬박꼬박 잘 찍을게. 그러니까 돈지루 만들어."
"싫어요. 내가 하는 건 진짜가 아니야. 흉내만 내는 거라고요."
"강제규! 돈지루 다시 안 끓이면 '빡빡이'라고 불러버린다."

그날 밤, 나는 제규에게 "잘 시간 넘었어"라는 잔소리를 안 했다. 제규는 마음 놓고 텔레비전을 켜고 〈심슨〉을 봤다. 새벽 2시 넘어서 제 방으로 자러 갔다. 그때까지도 남편은 안 들어왔다. 아침 6시, 제규의 핸드폰 알람이 울렸다. 그러거나 말거나 제규는 잤다. 나는 제규 방으로 갔다. 알람을 끄고 와서 다시 안방 침대에 누웠다.

남편은 신기한 능력자. 드르렁드르렁 코를 골며 자고 있을 뿐인데도 안방에는 술 냄새가 진동했다. 굉장히 많이 마신 게 분명했다. 아니나 다를까. 화장실에 가려고 일어난 남편은 머리를 움켜쥐고 있었다. 괴로워하며 제규 방으로 갔다. 자고 있는 아들을 흔들었다. "해장국 좀 끓여줘라." 늦게 잔 제규는 마지못해 일어났다.

"아빠가 많이 약해졌더라고요. 예전에는 아무리 많이 마셔도 혼자 일어나서 해장국 끓여 드셨잖아요. 근데 힘든가 봐요. '이제부터는 내가 아빠 해장국도 끓여드려야 되나보다' 생각하고 일어났어요."

순간, 제규는 좀 장난을 치고 싶은 마음도 들었다. 최대한 느끼한 까르보나라 파스타를 해장용 음식으로 만들어주면 어떨까 상상한 것이다. 손쉽게 해장라면을 끓여볼까도 생각했다. 그러나 제 방 침대에 누워 있는 아빠를 보고는 마음이 약해졌다. 찬물에 다시마랑 멸치를 넣고 끓여 육수를 만들었다. 콩나물을 넣은 후 뚜껑을 열고 끓였다.

남편은 해장국을 먹고는 "아, 살 것 같다"고 했다. 오래 전, 나도 남편 해장국을 끓인 적이 있다. 요리 좀 하는 동생 지현까지 불러서. 이유는 모르지만 콩나물은 죽이 되었다. 북어는 풀어지지가 않고. 그래도 남편은 살겠다고 국물을 마셨다. "아, 살 것 같다"는 안 했다. 그 뒤로는 스스로 해장국을 끓여먹었다. 이런 슬픈 사연을 알고 있나. 제규는 말했다.

"아빠, 다음에는 북엇국 끓여드릴게요."

남편은 쾌재를 불렀다. 남들처럼, 집에서 끓여주는 해장국을 먹을 수 있게 됐다면서. 낙관 금지! 제규는 곧 개학한다. 갑자기 내가 해장국을 기똥차게 끓일 리도 없다. 남편의 숙취를 덜기 위해서는 발상의 전환을 해줘야 한다. 배달시킨 중국집 짬뽕도 '집에서 먹는 해장국'이다. 남편이여, 아들에게 의지하지 말고 스스로 해장하라.

해장국

술 많이 마시고 괴로워하는 아빠를 위해서 끓여봤다.

그동안 아빠는 자력으로 해장국을 끓여 드셨다.

재료:
콩나물, 마늘, 소금, 다시마, 국 간장, 파

1   찬물에 다시마를 넣고 끓여서 육수를 낸다.

2   육수가 어느 정도 우러나면 다진 마늘을 넣고 콩나물을 넣는다.

3   국 간장, 소금으로 간을 맞춘다.

4   파를 올린다.

5   칼칼하게 먹고 싶으면 고춧가루를 푼다.

3부

음식이 우리 모두를
안아준다

모두가 서로를 위해서
움직인다

남편에게 진지한 질문을 할 때나 제규와 꽃차남이 잘못한 걸 고자질할 때, 따지고 싶은 일이 있거나 놀려먹고 싶을 때, 나는 남편을 '강동지'라고 부른다. 생채를 만들던 남편이 간 좀 봐달라고 할 때도 "강동지! 나한테 너무 의지하는 거 아니야?"라고 대꾸한다. 그러니까 나는 '강동지'라는 호칭을 '여보'와 동급으로 쓴다.

"강동지! 내가 누구 때문에 수산리(시가)에 와 있어? 전 부치고 설거지 하면 다냐? 왜 친구 만나러 가서 새벽에 들어오냐고? 나중에 만나도 되잖아!"

어느 명절, 새색시였던 나는 시가 옆에 있는 초등학교 운동장에서 남편에게 따졌다. 옛일이다. 지금은 그런 일로 발끈하지 않는다. 아들 둘의 아빠가 된 남편이 날짜를 짚으며 "명절 힘들어"라고 하면, 나는 맞장구를 친다. 돈도 많이 들고, 화장실 가는 것도 힘들고, 음식까지 할 줄 모르니까 너무 미안하다면서.

　우리 아이들은 부모의 명절 걱정이 전혀 와 닿지 않는다. 꽃차남은 "뭐가 힘들어? 한복 입고 놀기만 하면 되는데"라고 한다. 제규는 중학생 때부터 명절 연휴 첫날에는 친구들이랑 피시방 가고, 영화 보고, 쏘다니다가 저녁시간에 왔다. 용돈도 두 배로 많아진 고등학생, 명절 전야는 명실상부한 지상낙원이었다. 지난 추석까지만.

　"제규야. 이번 설에는 너도 같이 할아버지댁에 가자. 네가 아빠 좀 도와줘."
　"싫어요. 영화 볼 거예요."
　"심부름 좀 해줘. 커서 요리하겠다는 사람이 그 정도는 해야지."
　"밥 하잖아요. 엄마가 좋아하는 샐러드도 만들고요. (나를 보며) 엄마, 나 안 가도 되지요?"

　무릇 집안의 절대 권력은 부엌에서 나오는 법. 제규라고 왜 모르겠는가. 말로는 안 가겠다고 하면서도 스마트폰 충전기를 챙겼다. 자동차로 20분 만에 도착하는 시가. 아버지와 어머니 그리고 "나도 막

와서 생선 찌는 거야"라고 말하는 형님이 있었다. 그 전에 큰시누이는 제사 음식 만들 장을 다 보고, 간장게장을 담가놓고, 방앗간에 가서 떡도 해놓았다.

　남편은 전을 부쳤다. 제규는 텔레비전을 보면서 할아버지와 아빠가 시키는 심부름을 했다. 나하고 눈이 마주치면, "내가 이따가 온다고 했잖아요"라고 불평했다. 음식 장만을 지휘하며 함께했던 아버지는 넓적다리뼈가 부러져서 3개월 만에 퇴원했다. 올해는 조금만 할 거라는 당신의 막내아들에게 "부족하면 안 된다"고 강조했다.

　시가에서 세 끼를 먹었다. 설거지는 모두 남편이 했다. 친정에 가서도 세 끼를 먹었다. 남편은 '밥걱정의 노예' 신분에서 풀려났다. 밥을 먹고 나면 제규랑 작은 방에 가서 스마트폰으로 장기를 두거나 텔레비전을 봤다.

　"배지영! 제규야! 내 머리 속 좀 봐봐."

　남편은 낮밥 먹고 난 뒤에 작은 방에서 말했다. 돌아앉은 남편의 뒤통수 머리 속을 들춰본 순간, 심장이 쿵! 나는 남편을 '백 허그' 하고 말았다. 흰머리 많이 난 것 보라고 하는 줄 알았는데 아니었다. "어떻게 해!"라는 말이 그냥 나왔다. 100원짜리 동전 크기만 한 원형 탈모였다. 남편도 나흘 전에 미용실에 가서 알았다고 했다.

"아빠! 왜 그래요? 뭐 때문에 그래요?"

"스트레스 때문에 그래. 너랑 꽃차남이랑 하도 싸우니까 아빠가 힘
들어서."

남편은 우리 집에 돌아오자마자 처자식 먹일 밥상을 차리고는 일
하러 나갔다. 하루에 10회 이상 동생과 싸우며 체력 단련을 하는 제
규는 고요했다. 친구 성헌이의 전화를 받고는 정중하게 "엄마, 나갔
다 와도 돼요?"라고 물었다. 성헌은 제규에게 '알리오 올리오 파스타'
를 가르쳐달라고 했다. 엄마한테 만들어드리고 싶다면서.

제규와 성헌은 재료를 사러 동네 마트에 갔다. 꼭 사야 할 파마산
치즈가루가 없었다. 둘은 20분간 걸어서 대형마트에 갔다. 동네 마
트에는 없는 신기한 식재료가 아주 많은 곳. 대형마트에 안 다니는
제규는 '여기서 물건 사면 안 되는데…' 하면서도 토마토 퓨레와 발사
믹 크림, 파마산 치즈가루를 사고 말았다. 게임 아이템 사야 할 세뱃
돈으로.

"그날 밤에 엄마랑 아빠랑 나랑 텔레비전 봤잖아요. 그때 어떤 사람
이 굴튀김 만드는 거 보면서 아빠가 '맛있겠다'고 했어요. 나도 만들
어보고 싶었고요. 사실 아빠한테 원형탈모가 생긴 거 보니까 너무
슬펐어요. 그런 건 스트레스 때문이잖아요. 집에서 아빠가 힘든 일

은 나랑 꽃차남이랑 싸우는 것밖에 없어요. 그러니까 이제 안 싸워요. 결심했어요."

다음 날, 제규는 아침에 놀러 나가면서 "아빠! 바빠도 저녁밥 드시러 집에 오세요. 맛있는 것 해놓을게요"라고 했다. 남편은 저녁 6시도 안 됐는데 집으로 왔다. 친구들이랑 놀던 제규는 석류, 레몬, 굴, 치즈, 우유를 또 세뱃돈으로 사 왔다. 같이 놀던 친구 주형이한테 "우리 집 가자. 밥 해줄게"라면서 데리고 왔다.

제규는 토마토 퓌레를 써서 토마토 파스타 소스를 만들었다. "유레카!" 목욕하다가 왕관의 무게 재는 법을 알아낸 아르키메데스처럼 흥분했다. "우와! 이거 쓰니까 훨씬 맛있어!" 주방보조가 되어 채소를 씻던 주형은 덤덤했다. 제규는 다시 평온한 자세로 토마토와 치즈를 썰어서 샐러드를 만들었다. 그리고 전날 본 굴튀김을 했다.

"생굴에 후추랑 소금을 조금 뿌려서 밑간을 해요. 밀가루, 달걀 물, 파슬리 가루를 섞은 빵가루를 접시 세 개에 따로 준비하고요. 생굴을 거기에 차례대로 묻혀요. 그때 나무젓가락에 튀김옷이 좀 묻거든요. 그걸 살살살 긁어서 기름에 넣어요. 그게 온도계예요. 튀김옷을 기름에 넣고 가열하잖아요? 튀김옷 주변에 거품이 생기면, 180℃ 정도 된 거예요."

나는 마음이 바빴다. 남편은 밥상 사진 찍는 걸 싫어한다. 항상 "뭐 볼 게 있다고 그래!"라고 한다. 원형탈모가 생긴 남편의 마음을 평화롭게 해줘야 한다. 제규가 차린 밥상을 몇 컷만 후딱 찍고 밥을 먹었다. 우리 집에 와서 밥을 많이 먹어본 주형은 굴튀김이 맛있긴 한데 "아직까지는 (제규) 아빠 밥이 더 맛있어요"라고 했다.

부엌을 정리하는 것도 제규의 일. 남편은 거실에서 텔레비전을 보았다. 나는 약초로 만든 발모 스프레이를 남편 뒤통수에 뿌리고 톡톡 두드렸다. 남편은 "봐봐. 머리카락 좀 나?"라고 물었다. 음하하하! 나는 노안이 오지 않은, 남편보다 네 살이나 젊은 아내. 뚫어져라 봤다. 횅한 자리에 솜털 같은 머리카락이 몇 가닥 돋아나 있었다.

연휴 마지막 밤, 남편과 제규는 집에서 입는 정장(팬티와 런닝)차림을 포기했다. 주형이가 자고 가기 때문에 반바지를 갖추어 입었다. 우리는 다 같이 〈라디오스타〉를 봤다. 평소 제규는 아빠가 "따뜻한 물 좀" 하면 못 들은 척하기도 한다. 그러나 잽싸게 부엌에 갔다 왔다. 나는 틈틈이 남편의 머리에 발모 스프레이를 뿌리고 스며들게 두드려줬다.

쉽게 깨지는 게 가정의 평화인가. 만 하루도 못 갔다. 사진 때문이었다. 나는 제규가 한 음식을 잘 찍고 싶다. 여태까지는 스마트폰으로 찍었다. 설날부터는 10년 넘은 DSLR 카메라까지 꺼내서 찍었다. 그랬는데도 사진 속 음식은 별로. 샐러드와 굴튀김, 파스타 사이에 있는 간장 그릇의 위치까지 거슬렸다. 이게 다 남편 때문이다.

"강동지! 밥상 사진 찍는데 내가 왜 눈치를 봐야 해? 어제 찍은 사진 좀 보라고. 아들이 정성을 들여서 차린 밥상을 잘 찍는 게 부모의 자세야. 봐봐라, 엉망진창이잖아!"
"(소곤거리면서) 엄마, 아빠는 원형탈모예요. 스트레스 주면 안 돼요."

남편은 내가 찍은 사진을 보고는 직접 사진을 찍어보았다. 식탁을 불빛으로부터 멀찌감치 옮겨서도 찍었다. 그는 사진관에서 쓰는 조명을 달아야겠다면서 "앞으로는 사진 찍는다고 뭐라고 안 할게"라고 했다. 사진관 조명이라니. 나는 괜히 머쓱해서 남편 머리에 발모 스프레이를 뿌렸다. 머리카락이 어서 자라라고 두드리면서 대화 주제를 바꿨다.

"여보, 어제 제규가 한 굴튀김 맛있었어?"
"제규는 확실히 솜씨가 있어. 안 그래도 아들이 해주는 건 맛있을 수밖에 없지."

굴튀김

아빠가 먹고 싶다고 해서 그냥 만들어봤다.

'초딩' 입맛을 가진 친구들도 거부감 없이 먹을 수 있는 게 굴튀김이다.

재료:

굴, 빵가루, 밀가루, 계란 물

1   조금 큰 마트에 가면 손질된 굴을 팔긴 한다. 만약, 굴을 손질해서 요리하고 싶으면 껍질을
    까서 깨끗이 씻으면 된다. 전복보다 손질하기 쉽다.

2   밀가루, 계란, 빵가루 순으로 그릇에 담는다(계란에 우유를 약간 풀면 좋다).

3   굴에 밀가루–계란 물–빵가루 순으로 묻힌다.

4   기름에 튀긴다. 오래 안 튀겨도 된다.

우리집이 곧
맛집이 된다

"엄마, 어떡해요? 설 끝나고 2학년 수업 들어간대요. 야자도 3월 말까지는 무조건 해야 하고요. 그동안 밥 하는 거 다 까먹을 것 같애. 엄마처럼 리셋되면 어떻게 해요?"

"푸하하하! 그거 다 오해야. 첫째, 엄마 음식 솜씨는 원래 밑바닥이야. 해본 적도 없고. 둘째, 기술은 그렇게 쉽게 사라지는 게 아니야. 야자 끝나면 다시 맛있게 잘할걸?"

설 연휴가 끝난 다음 날, 제규는 아침 6시에 혼자 일어났다. 7시 30분에 카풀 버스를 탔다. 한 시간 만에 "엄마, 나 좀 태우러 와줘요"라고 전화를 했다. 보충수업을 하는 친구들만 학교에 나오는 거였다고. 버스비가 없어서 걸어오는 중이라고 했다. 시내 버스로 1시간

거리에 있는 제규의 학교, 날씨마저 지독히 추운 날이라서 모른 척할 수가 없었다. 남편이 태우러 갔다.

그날부터 제규는 자기만 기분 좋아지는 밥상을 차렸다. 갈비와 닭 가슴살이 번갈아서 올라왔다. 남편이 "엄마 먹게 채소로 뭐 좀 해 봐!"라고 했다. 꽃차남은 "고기가 질겨"라고 불평했다. 오, 예! 기회였 다. 나는 다 맛있다며 제규 편을 들었다. 눈에서 하트를 뿜어내면서. 그리고는 내 계략을 살짝만 드러냈다.

"제규야! 진짜로 호주나 캐나다에 있는 요리학교 갈 거야? 그럼 '아 이엘츠(IELTS)' 시험 봐야 해. 듣기, 읽기, 쓰기, 말하기를 영어로 보 는 거야. 할래?"

봄방학, 제규는 여전히 하루 18시간씩 잤다. 나머지 시간을 쪼개 서 밥 하고, 웹툰 보고, 음식에 관한 책을 읽고, 거기에다가 영어공 부까지. 슈퍼히어로로라도 견뎌낼 수 없는 빡빡한(?) 일정이었다. 평범 한 열여덟 살 소년은 사흘 만에 지쳐 떨어지고 말았다. 어느날 낮밥 을 차리고는 "저녁에는 치킨 시켜 먹을 거예요"라고 했다.

한편, 그날 보충수업을 마친 제규의 친구 성헌이는 얼큰한 음식 생각이 났다. 제규와 똑같이 평범한 청소년인 성헌이는 천리 밖에 있 는 것을 볼 수 있는 초능력자가 아니다. 밥하기 귀찮아진 제규에게 음식을 가르쳐달라고 카톡을 보냈다. 열흘 전쯤에 제규가 알려준 알리오 올리오 파스타는 너무 느끼했다면서.

"성헌이한테 우리 집에서 음식 해보자고 오라고 했어요. 걔가 학교에서 카풀 버스 타고 올 시간에 나가서 장을 봤어요. 홍합 2,000원, 새우 5,000원, 오징어 2,000원어치 샀어요. 대파도 샀고요. 홍합은 양식이라서 껍데기에 털 같은 게 나 있거든요. 그거는 그물이라 다 떼어내야 해요. 나는 우선 소금이랑 후추, 대파, 다진 마늘 넣어서 홍합탕을 끓였어요."

성헌이는 교복 차림으로 우리 집에 왔다. 제규는 성헌이에게 오징어 손질하는 법부터 알려줬다. 생선가게에서 내장은 빼준다. 하지만 윗니 아랫니가 있는 오징어 이빨은 별미로 여기는 사람들이 있으니까 떼주지 않는 거라고. 제규는 이빨을 제거한 오징어에 칼집을 냈다. 성헌이한테도 해보라고 칼을 잡게 했다.

제규는 새우 등을 반으로 갈라서 똥줄을 빼냈다. 그렇게 손질해서 익히면 새우 모양이 예쁘게 나오는 거라고 알려주면서. 성헌은 제규가 한 그대로 새우 손질을 했다.

"식용유에 마늘, 고춧가루를 넣고 볶아요. 그러면 고추기름이랑 마늘기름이 빨갛게 국물에 떠다녀요. 그걸 '라유'라고 해. 거기에 매운 맛을 강화해야 하니까 소주를 넣어요. 고춧가루 비율만큼. 그 다음에는 양파를 넣고, 손질한 해산물까지 넣어서 볶다가 물을 부으면 짬뽕 맛이 나요. 그렇게 만들어진 매운 맛은 물을 마셔도 안 가셔요. 그래서 인도에서는 '요시'라는 요구르트를 먹거든요. 나도 우유랑 요구르트 파우더를 섞어서 만들었어요."

제규는 파스타 면을 삶고 나서 기름에 볶았다. 그 면을 짬뽕에 넣고 끓여서 상하이 파스타를 완성했다. 열여덟 살 소년들의 식탁. 대화는 없다. 오로지 먹는 소리만 난다. 식사를 마치자마자 성헌은 책가방을 들었다. 제규는 요리하면서 조금씩 떼어놓은 새우, 오징어, 홍합을 성헌에게 건넸다. 집에 가서 한번 해보라면서.

"성헌아, 이거 다 시장에서 장 본 거야. 대형마트보다 훨씬 싱싱하고 값도 싸."

제규는 음식이 맛있게 되면 기분 좋다. "아으, 설거지하기 싫어" 하며 늘어지지 않는다. 친구가 가자마자 식기세척기에 그릇을 넣고, 가스레인지와 싱크대를 닦고, 행주를 빨아 널었다. 소파에 누워서 스마트폰으로 게임을 했다. 나는 제규에게 짬뽕을 좋아하는 어떤 사람에 대해 얘기해줬다. 눈치를 챈 제규는 지현 이모한테 "내일 점심 드시러 오세요"하고 전화했다.

다음 날, 지현은 오후에 출근하는 제부 점심을 미리 차렸다. 평생 다이어트를 해온 사람이라서 점심 한 끼만 제대로 먹는 편인 지현은 오전에 먹는 과일도 먹지 않았다. 조카가 해주는 음식을 맛있게 먹기 위해서 그랬다.

지현은 짬뽕의 노예다. 주기적으로 짬뽕을 먹으러 간다. 이름난 맛집은 줄이 길어 가지 않는다. 동네 중국집에 간다. 게다가 지현은 '조카 바보'. 어린 제규는 지현과 절친이었다. 어느덧 청소년이 된 제규는 이제 "이모, 지금 엄마랑 같이 있어요?"라고 물을 때만 전화하지만, 이모가 좋아하는 상하이 파스타를 해주겠다고 하니 지현의 가슴은 벅찼다.

제규는 가스레인지 앞에서 안절부절못했다. "어떻게 해! 맛없을 것 같아요." 지현은 부엌으로 가서 제규 옆에 섰다. 끓고 있는 국물을 한 입 떠서 맛을 보았다. 짬뽕을 즐겨먹지도 않고 요리에 관심도 없는 나는 그냥 식탁에 앉아 있었다. 지현은 제규에게 자신감을 갖고 음식을 만들라면서, "이모가 '짬뽕인' 거 알지? 진짜 맛있어"라고 했다.

제규는 다 된 짬뽕에 삶아서 기름에 볶은 파스타 면을 넣었다. 그리고는 파슬리가루와 파를 뿌려 마무리했다. 제규가 쓰고 있는 모든 접시와 조리도구를 사다준 지현은 담을 그릇이 마땅치 않다면서 고민했다. 나는 잘 안 써서 넣어둔 꽃무늬 그릇을 꺼냈다. 그때 제규는 파스타가 든 프라이팬을 통째로 식탁에 올렸다.

근사한 식당에 온 것처럼 차려입은 지현은 "꺄아! 이대로 놓고 접시에 덜어서 먹자"고 했다. 지현이 딱 좋아할 만큼 매운 맛이었다. 우리 셋은 코를 훌쩍이면서 먹었다. 얼얼하  니까 한 번씩 입을 벌려서 "쓰읍" 했다. 남은 상하이 파스타 국물에 밥까지 말아먹은 뒤에는 아이스크림을 먹었다. 얼굴에 화색을 띠며 지현은 말했다.

"조카 음식이니까 '아, 맛있겠다'는 마음가짐으로 왔는데 너무 맛있는 거야. 외국에서 요리공부하고 온 선생님들이 만든 상하이 파스타보다 훨씬 내 취향이었어. 아까 간을 볼 때 맛있는 걸 딱 알았어. 내가 10년도 넘게 외식하러 다녔잖아. 맛에 대해서는 엄격해. 솔직하고. 오늘 제규가 해준 음식은 내 생애 최고의 짬뽕이야."

집에서 해먹는 음식은 자유를 준다. 기분 좋게 배가 부르면, 식탁 의자에 한쪽 다리를 올리고는 시시한 얘기를 한다. 낄낄거리면서 웃는다. 지현과 나는 그 와중에도 진지한 고민을 했다. 사람들이 줄 서서 먹는 군산의 짬뽕집보다 훨씬 맛있는 제규의 상하이 파스타. 맛있는 건 일단 우리끼리만 먹는 걸로. 그러니까 우리 집 주소는 절대 알려줄 수 없다고.

상하이 파스타

한국적인 파스타 느낌이 가득한 게 특징이다. 이름대로 상하이에서 팔아서
유명해진 음식은 아니다. 짬뽕과 비슷한 맛이 나서 붙여진 이름일 것이다.

재료:
새우, 오징어, 홍합, 파스타면, 고춧가루, 술(소주), 마늘, 파, 육수(물로 대체 가능)

1   새우는 껍질을 벗겨 손질한다.

2   오징어 몸통의 반절 정도는 링 모양으로 썬다.

3   남은 반절은 칼집을 #모양으로 내서 모양을 낸다.

4   대파는 어슷썰기를 한다.

5   홍합에 붙어 있는 수염을 떼어낸다.

6   팬에 올리브유를 두른다.

7   마늘과 고춧가루를 볶다가 매운 향이 올라오면 술을 붓는다.

8   육수(물)를 붓는다.

9   삶은 파스타 면에 새우, 오징어, 홍합을 같이 볶다가 국물을 붓는다.

10   어슷썰기를 한 파를 올린다.

아프지만 강해진 엄마를 위한 콩나물밥

슬픔은, 맛있는 요리를
먹지 못할 때 찾아온다

"엄마, 혹시 슬럼프에 빠졌어요? 일 끝나고 나면 뭐라도 글을 썼잖
아요. 요새는 왜 안 써요? 그러니까 내가 아무리 먹고 싶어도 고기
요리를 못 하겠어요. 엄마가 좋아하는 샐러드랑 나물만 하게 돼요.
엄마, 힘 좀 내요."

제규는 샐러드 위에 얹기 위해서 리코타 치즈를 만들었다. 우유
적당량에 레몬즙 세 숟가락을 넣고, 소금과 설탕도 각각 한 숟가락
씩 넣어서 끓였다. 그걸 흰 면포에 넣어서 물기를 짜내면 리코타 치
즈가 된다. 제규는 "아휴~" 한숨을 쉬며 자신의 실패를 인정했다.
레몬즙을 많이 넣어서 산미가 강하단다. 책에서 본 리코타 치즈하고
모양만 비슷하다고.

3월은 바야흐로 시금치의 계절. 제규는 책에서 읽은 시금치 샐러드를 만들기로 했다. 시장에서 시금치 2,000원어치를 샀다. 생각보다 많았다. 깨끗하게 씻은 시금치의 절반은 손으로 툭툭 잘랐다. 그 위에 올리브유를 뿌리고, 대저토마토를 썰어 넣고, 파마산 치즈가루를 뿌렸다. 나머지 절반은 데쳐서 시금치나물을 했다.

엄마라면, 아들이 해준 요리를 맛있게 먹어야 한다. 보답하는 길은 '완식'뿐이다. 돌이 들어간 샐러드라도 꼭꼭 씹어 먹어야 한다. 그러나 나에게는 어금니가 없다. 3월부터 그런 처지에 놓이고 말았다. 그날 초등학교 입학을 앞둔 꽃차남을 데리고 치과에 갔다. 선생님은 꽃차남한테 진료 의자에 앉으라고 하지 않았다. 나를 보고 말했다.

"오늘 컨디션 괜찮으신가요? 계속 미루다가는 잇몸의 염증만 심해져요. 어차피 임플란트 하실 거니까 온 김에 엑스레이 사진 찍고 발치하는 것도 좋은 방법이에요."

이미 위쪽의 양쪽 어금니를 빼고 각각 임플란트 수술을 했다. 나는 원래 육체적인 고통에 둔한 사람. 제규를 낳을 때는 밥벌이를 다 끝내고 진통이 5분 간격으로 올 때 산부인과로 갔다. 꽃차남은 제왕절개로 낳았는데 수술 하루 만에 활기차게 걸어다녔다. 그런데 임플란트 수술은 달랐다. 며칠 동안 지속되는 강한 고통. 충격이었다.

진즉에 했어야 할 세 번째 임플란트. 작년엔 치과 가는 날을 잡을 때마다 몸이 아팠다. 갑상선 기능 저하증 때문인지 얼굴이 부었다. 어떤 날은 눈도 제대로 안 떠졌다. 몸이 무거워서 밥벌이만 겨우 했다. 그러니 발치를 못한 날마다 '휴우, 살았다' 하고 안도했다. 그렇게 1년을 버티다가 오른쪽 아래 어금니를 빼고 말았다. 우발적으로.

이를 뺀 자리는 아픈 게 당연했다. 다음 날부터는 입안 여기저기가 헐었다. 입맛이 싹 달아났다. 갈증 해소 말고는 다른 욕구가 없었다. 밥벌이가 끝나면 드러눕고만 싶었다. 얼굴도 퉁퉁 부었다. 불과 36시간 전만 해도 제규랑 남편이랑 밤늦게까지 TV를 보며 거실 바닥을 뒹굴고 웃었는데. 졸지에 나는 침울한 사람이 되고 말았다.

제규는 "엄마, 영화 〈아메리칸 셰프〉 볼 때 먹고 싶었지요?" 하면서 샌드위치를 만들었다. 영화 〈스팽글리쉬〉에 나왔다는 '세계에서 가장 맛있는 샌드위치'를 만들어서는 먹음직스럽게 사진을 찍어달라고 졸랐다. 내가 좀 심드렁하니까 제규는 수다스러워졌다. 《오프라 이스 잼잼》에도 나온 유명한 샌드위치라고 지식 자랑을 했다.

"엄마, 파니니 머신 사주세요. 에이, 근데 사지 마요. 샌드위치 만든다고 기계까지 사는 건 돈 낭비예요. 지난 번 샌드위치는 BLT (Bacon, Lettuce, Tomato)였어요. 별명은 '샌드위치계의 왕자'. 보통은 마요네즈를 베이스로 까는데 나는 머스터드를 썼어요. 여기에 깜 파뉴(잡곡식빵)를 쓰고 달걀과 흑맥주를 곁들이잖아요? 그러면 영화 〈스팽글리쉬〉에 나온 '세계에서 가장 맛있는 샌드위치'예요."

나는 '세계에서 가장 맛있는 샌드위치'를 눈앞에 두고서 '세계에서 가장 슬픈 아줌마'를 떠올렸다. 그녀는 둘째 아이를 임신 중, 두 달째 대학 병원에 누워만 있었다. 움직여서는 안 됐다. 조산 증세에 악성 빈혈, 임신성 당뇨까지 있는 그녀는 과일도 먹어서는 안 됐다. 그때 그녀가 먹고 싶어서 안달을 냈던 음식은 단 하나, 샌드위치였다.

날마다 도시락을 싸오던 그녀의 남편은 "몰래 먹어" 하면서 샌드 위치를 사다주었다. 그녀는 초인적인 인내심으로 식전 당뇨검사를 하는 다음 날 아침 6시까지 견뎠다. 하필 그날, 인슐린 주사를 맞아 야 할 만큼 당뇨 수치가 높았다. 그녀는 24시간 내내 아기가 못 나오 게 자궁을 잡아주는 주사를 맞고 있었다. 철분제 주사도 함께. 거기 에 인슐린 주사까지 맞으면 아기한테 무리가 갈 것 같았다. 그녀는 차마 샌드위치를 먹을 수 없었다. 내 이야기였다.

"엄마, 그때 병원에서 울었죠?"
"응. (웃음) 샌드위치 못 먹어서 대성통곡했어. 창피하니까 이불은 뒤 집어쓰고 울었어. 근데 지금은 엄마도 성숙해졌지. 어금니 빼고 입

안이 부르터서 네가 해준 샌드위치도 못 먹잖아. 봐봐. 눈물 한 방울
도 안 나지? 멀쩡하다고."

제규와 나는 동네서점에 갔다. 제규는 《치즈수첩》을 골랐다. 나는
《오늘 뭐 먹지?》와 《향신료의 지구사》를 억지로 사주었다. 제규는 학
교 갔다 와서 밥상을 차리고, 온라인 게임 '하스스톤'을 보면서 그릇
을 식기세척기에 넣고 부엌 정리를 한다. 나머지 시간에는 스마트폰
과 합체해서 지낸다. 닷새 만에 밥을 먹게 된 나는 제규에게 "책 좀
읽어" 잔소리를 했다.

잔소리에 맞서는 방법은 하나. 먼저 행동하면 된다. 제규는 책을
읽지도 않았으면서 거기에 나오는 콩나물밥을 했다. 뜨거운 물에 말
린 표고버섯을 우렸다. 누리끼리해지면서 은은한 향이 나는 그 물로
쌀을 안쳤다. 소고기는 가늘게 채 썰고, 콩나물은 한 번 데쳐서 넣었
다. 매운 간장양념과 간장양념, 두 가지를 만들었다.

꽃차남은 친구 시후네 집에 가서 내려오지 않고, 남편은 일이 바
빠서 집에 못 오는 저녁. 우리 둘만 식탁에 앉았다. 나는 일단 밥상
이 '아이돌 오빠'나 되는 것처럼 "꺄아!" 소리부터 질렀다. 입안이 완
전히 아물지 않아서 많이 먹지는 못 했다. 그래도 고마움의 표시로
왜 양념장을 두 가지 했는지, 어떻게 만들었는지 물었다.

"간장에 발사믹 식초랑 올리브유를 넣어요."

"아~ 그래?"

"그리고 우유도 좀 넣은 뒤에 파마산 치즈가루를 뿌리면 돼요."

콩나물밥 양념장에 우유는 좀 이상했다. 아니나 다를까. 나를 보고 웃는 제규의 웃음이 산뜻하지 않았다. 꿍꿍이가 있는 웃음이었다. 그때서야 제규가 나를 놀리고 있다는 걸 알았다. "강제규, (요리 못 한다고) 엄마 무시해?"라고 성질을 냈다. 제규는 웃었다. 작은 눈이 아주 감기게 웃었다.

"엄마, 이제 힘 좀 나는가 보네요. 그러니까 밥 많이 먹어요."

제규한테 말한 적 있다. 어릴 때에 나는 비위가 약했다. 장마철에는 가마솥에서 나는 밥 냄새를 맡고도 토했다. 음식에 담긴 정성을 볼 줄 아는 눈은 아예 없었다. 먹고 싶은 음식을 못 먹을 때 느끼는 서러움도 제규 임신하고서야 알았다. 계절은 늦가을, 다음해 여름까지 기다려야 나오는 단단한 복숭아가 먹고 싶어서 몸부림을 쳤다.

아기를 낳고 젖 먹일 때는 "새끼 키운다"는 동물적인 본능뿐이었다. 하루에 다섯 끼씩 차려주는 밥도 남기지 않았다. 그게 산바라지를 해주는 어머니와 남편에게 표현할 수 있는 내 우정이기도 했다.

어쩌다 보니 이제는 고등학생 아들이 차려주는 밥까지 먹고 있다. 올림픽을 준비하는 선수처럼 컨디션을 유지하자. 건강한 사람은 더 맛있게 먹을 수 있으니까.

콩나물밥

영양, 그리고 맛이 넘치는 콩나물밥.

재료:
콩나물, 쌀, 소고기, 간장

1   쌀을 깨끗이 씻는다.

2   콩나물을 깨끗이 씻는다.

3   소고기를 잘게 다진다.

4   밥솥에 쌀, 콩, 핏물 뺀 소고기를 깔아서 밥을 한다.

5   간장, 참기름, 다진 파를 섞어 양념장을 만든다(고춧가루는 취향대로).

네가 즐겁게 먹고살았으면
좋겠다

"언제 밥 한번 먹자."

나는 이 말을 안 한다. 구체적으로 약속을 정한다. 내가 못할 것 같은 일은 거절도 잘한다. 그러니 친구가 별로 없다. 동생 지현은 나를 "직장생활이랑 시집살이를 안 해서 사회성이 떨어져"라고 평가한다. 인정! 나는 인간관계를 넓히려고 애쓰지 않는다. 새로운 사람들과 밥 먹는 일도 1년에 두세 번뿐이었다. 2016년 2월까지만.

3월, 고등학교 2학년이 된 제규는 여전히 정규수업 마치고 곧장 집에 왔다. 초등학교에 입학한 동생 꽃차남의 간식을 만들었다. 제규는 구워먹는 치즈를 써서 카프레제 샐러드를 변형시켰다. 발사믹

174

크림을 샐러드 위에 올리면서 "이건 신의 한 수야. 모든 음식에 잘 어울려"라고 좋아했다. 그러나 꽃차남은 "이게 뭐야?"라면서 시큰둥하게 굴었다.

　제규는 꽃차남과 시후의 간식으로 벨기에 감자튀김을 했다. 돼지기름, 소기름, 심지어 말기름을 쓰는 벨기에 감자튀김은 약한 불에서 한 번 튀기고, 센 불에서 다시 튀겨야 한단다. 우리 집에 없는 동물성 기름, 제규는 식물성 기름을 썼다. 꽃차남과 시후는 순식간에 먹어치웠다. 그러나 제규는 아쉬워 보였다.

　"애들이 맛있게 먹었어도 실패예요. 벨기에에서는 작고 통통하게 감자를 썰거든요. 나는 패스트푸드점에서 파는 크기로 칼질했어요. 아, 벨기에에 가서 감자튀김 먹어보고 싶어요."

　새 학년 들어서 보는 첫 모의고사. 제규는 시험 보는 날을 좋아한다. 학교에서 일찍 끝나니까. 그날은 친구 성헌이를 만나기로 했다. 두 사람의 게임 취향은 다르다. 피시방에 간다 해도 동시에 아드레날린이 분출되지 않는다. 재미가 없다는 뜻. 제규는 성헌에게 "그냥 우리 집에 가서 돈가스나 해 먹자"고 했다.

　"일식 돈가스를 흉내낸 지 1년쯤 되잖아요. 이제 좀 근접하는 느낌이 들어요. 돈가스를 대각선으로 잘랐을 때 흐르는 치즈, 둥근 원기

둥 모양으로 튀긴 고기, 바삭한 빵가루, 정말 잘 어울리게 할 수 있어요. 그래도 끄트머리 막는 거를 잘 못해요. 치즈가 새어나오잖아요. 고기를 말아서 튀기면 돈가스 크기가 일정해야 하는데 조금씩 차이도 나고요."

돈가스 다음에는 가지 요리. 제규는 가지 속을 다 파낸 다음에 토마토 소스와 치즈를 넣었다. 전에는 파낸 가지 속을 다져서 소스와 함께 넣었다. 잘 안 익었다. 그래서 아예 뺐더니 더 맛있게 됐다. 기분이 좋아진 제규는 밥상을 차리고는 성헌과 식탁에 앉았다. 제규는 "어른 올 때까지 기다려야지" 하면서 엄마 일이 끝날 때까지 기다렸다. 돈가스는 식어버렸다.

제규에게 토요일은 오로지 노는 날이다. 아침 일찍 일어나서 샤워하고 옷을 차려입고 나간다. 그러고는 〈무한도전〉이 시작되기 전에 들어온다. 근데 어느 주말부터인가 친구 주형이와 같이 왔다. 두 손에는 장을 봐온 먹을거리들을 잔뜩 들고서. 제규는 부엌으로 갔다. 주형은 식탁의자에 앉아서 스마트폰을 하거나 제규 옆에 서서 잔심부름을 했다.

제규는 시금치로 샐러드와 나물을 했다. 장식용 견과류를 처음 사본 거라서 샐러드도 했다. 새싹 채소를 깔고서 그 위에다가 오븐에 구운 치즈를 올렸다. 이제는 '초딩 입맛'을 가진 주형이가 좋아할 만한 메뉴를 할 차례. 제규는 미리 생각해놨다. 소년이라면 돈가스! 정육점에서 돈가스용 돼지고기 등심을 많이 사왔다.

"엄마, 오늘은 거실에 밥상 차릴게요. 〈무한도전〉 봐야 하잖아요."

우리 집의 '권력 서열 1위'는 수시로 변한다. 밥 하는 기술을 가진 남편과 제규는 1인자다. 울고불고 생떼 쓰는 꽃차남도 자주 1인자로 등극한다. 식구들은 집안의 평화를 위해서 아니꼽지만 비위를 맞춰준다. 나라고 왜 권력욕이 없겠나. 매주 토요일 오후 〈무한도전〉 본방 시간, 텔레비전 리모컨을 잡는 순간에는 1인자가 된다.

주형과 제규는 1인자 따위는 신경 쓰지 않았다. 7~8년간 우리 집을 드나든 주형의 별명은 '멀대', 무척 큰 키로 텔레비전 화면을 가렸다. 돈가스가 잘돼서 기분 좋은 제규는 "맛있어?", "부족하지 않겠어?"라고 자꾸 물었다. 나는 '제규 엄마'와 '무도빠(무한도전 마니아)' 사이에서 갈등했다. 숟가락을 탁자에 쾅! 내려치면서 "조용히 좀 해라"하고 말하는 것만 상상했다.

월요일에는 제규의 새 친구 윤환이가 왔다. 제규는 친구에게 샐러드를 만들어줬다. 윤환이는 풀만 가득한 음식에 당황한 듯했다. 그날 일찍 일이 끝난 나는 초면인 윤환이에게 "여자친구 생기면 자주 먹을걸? 지금 안 먹어도 돼"라고 말해줬다. 꽃차남과 시후, 제규와 윤환은 모두 남성. 고기반찬은 일찌감치 떨어졌다. 제규는 밥을 먹다가 일어나 돈가스를 했다.

"1학년 '꿈 발표 대회' 때 제규를 봤어요. 또래 중에 그런 애가 없는데 요리를 한다니까 신기했죠. 근데 2학년 때 같은 반이 됐잖아요. 제가 먼저 제규한테 '너 요리하는 거 먹어봐도 되냐'하고 물어봐서 따라온 거예요. 직접 먹어보니까 훨씬 맛있어요. 집에 와서 보니까 학교에서 보는 제규랑은 달라요. 진짜 사람이 멋있어요."

그날 제규네 반 '단톡방'에는 윤환이가 먹은 밥상 사진이 올라갔다. 야자를 하는 친구들 몇이 '나도 갈래'라고 했다. 제규는 "걔네들 다 오면 코스요리 해야지"라면서도 느긋했다. 어차피 야자를 해야 하니까 못 올 거라고. 감기몸살과 비염으로 빌빌거리던 날에도, 제규는 친구를 데려와서 고기 요리를 해 먹었다.

"제규야, 친구들은 학원에 가야 하니까 밥 먹자마자 가잖아. 혼자 치우는 거 안 힘들어?"
"엄마, 나중에 식당할 거니까 연습하는 거예요. 손님한테 설거지를 시키는 식당은 없잖아요."

"그래도 걱정된다야. 우리 아들 자체로 보는 게 아니라 밥 해주는 애로 볼까 봐. 호의가 계속되면 자기 권리라고 착각하는 사람들도 있거든."

"절대 그런 거 아니에요. 친구들 데려와서 요리해주는 거, 재미있다고요."

사흘 전, 올해 여든일곱 살인 시고모는 제사 지내고 쌓인 그릇을 보고는 "먹는 것이 이러키 무서운 일이란다. 고생이여"라고 했다. 나는 고모 말을 알아듣는다. 그러나 제규는 알 듯 말 듯해서 눈만 껌뻑인다. 열여덟 살 소년은 부엌 일이 재미있다. 나는 우리 아들이 마흔이 넘고 여든이 돼도, 지금처럼 즐겁게 먹고 살기를 바란다.

롤돈가스

가장 많이 도전한 음식이고, 가장 자신 있는 음식이고,

가장 잘한다고 느끼는 음식이다.

재료:

돼지 등심(정육점에 가서 "치즈 돈가스 롤 만들게 얇고 길게 잘라달라"고 하면 원하는 사이즈에 맞게 잘라준다), 통 모차렐라, 후추, 소금, 추가 재료(깻잎, 슬라이스 치즈, 크림치즈)

1   통 모차렐라를 고기 크기에 맞춰 자른다. 고기보다 1~2cm 작게 잘라야 한다.

2   고기에 소금, 후추를 뿌린다.

3   고기에 자른 모차렐라를 올린다. 추가 재료를 넣으면 더 맛있다. 깻잎은 모차렐라를 감싸서 넣으면 된다.

4   모차렐라를 중심으로 돌돌 잘 말아준다.

5   치즈가 안 넘치게 끝 부분을 막는다. 잘 막는다고 해도 흘러넘치니까 꼼꼼하게 말아서 막아야 한다(글로 설명이 안 됨).

6   위의 것을 여러 개 만든다. 보통 식당에서 롤돈가스 1인분을 시키면 2~5개 정도 나온다.

7   밀가루, 계란 물, 빵가루 순으로 묻힌다.

8   기름에 튀긴다.

좋은 아들은
대대손손 이어진다

"엄마한테는 딸이 있어야지. 나이 들어서 딸 없으면 불쌍해져. 지금
이라도 하나 낳아."

어떤 사람들은 아들만 둘인 내게 말한다. 나는 일관성을 강조한
다. 제규와 꽃차남은 열 살 터울, '10년 주기 출산설'을 내세운다. "꽃
차남 초등학교 4학년 되면 낳을 거예요. 그래야 딱 열 살 차이 나거
든요"라고 성실하게 대답한다. 진짜로 그때 셋째를 낳을 거냐고? 내
진심은 "아니올시다"이다.

그런데 올해 4월에는 흔들렸다. 셋째를 낳고 싶었다. 내가 지지하
는 정치인 때문이다. 그는 수도권과 부산, 경남 지역에 지원 유세를

다녔다. 나중에는 광주에도 오고, 심지어 우리 옆 동네 익산까지 왔다. 그가 가는 곳마다 사람들이 구름처럼 몰려들었다. 진취적이면서 애정을 숨기지 못 하는 사람들은 그와 사진을 찍는 것에 성공했다.

인터넷을 통해 그 감격의 순간을 본 적도 있다. 아기를 데리고 간 사람들은 그와 함께 사진을 찍는 게 더 수월해 보였다. 아휴, 우리 꽃차남도 아기였는데 어느새 여덟 살. 소년미만 폴폴 풍긴다. 한 달 전에는 꽃차남이 초등학교 들어갔다고 자랑했으면서, 이제는 "애가 왜 이렇게 빨리 크냐"고 한탄했다. 나도 모르게 원치 않는 욕망을 품고 말았다.

'1년 8개월 뒤에 대선이니까 얼른 셋째를 낳아야겠어. 통통하고 방글방글 웃는 아기를 데리고 가서 기필코 그분이랑 같이 사진 찍고 말 거야.'

국회의원 선거가 끝난 4월 14일 새벽, 우리 집안에는 경사가 났다. 우리 부부의 여섯 번째 손주(큰시누이 둘째 아들의 둘째 아기)가 태어났다. 신기하게도 꽃차남이랑 많이 닮은 아기. 셋째를 낳을까 말까 고민하던 마음은 싹 사라졌다. 내가 지지하는 그가 우리 동네에 온다면, 손주를 데리고 가보리라(조카 부부에게는 양해를 구했다).

바빴던 남편도 일상으로 돌아왔다. 남편은 소고기 무국을 끓이고, 두부김치를 만들고, 나물을 하고, 생선을 구웠다. 아이들이 밤에 "아빠, 언제 들어와요?"라고 전화를 하면, "곧 들어갈 거야"라고 했다. 남편에게 '곧'은 늦은 밤 11시쯤, 집에 온 남편은 손도 안 씻고 잠든 꽃차남을 보러 방으로 갔다.

일요일에 우리 식구는 시가에 갔다. 부모님이 건강했을 때는 "저희 갈게요"라고 전화만 하면 끝이었다. 그러면 아버지 어머니는 밥상을 차려놓고 기다리고 있었다. 부모님의 건강이 나빠진 뒤로는 "저희 갈게요. 나갈 준비하고 계세요"라고 했다. 아버지, 어머니를 모시고 식당에 가서 밥을 먹었다. 지나고 보니 예전도 좋았다. 지금은 부모님 모두 거동이 불편하시다.

성당에 갔다가 장 봐서 가니까 정오가 넘어버렸다. 어머니는 식탁에서 제규가 요리하는 것을 구경했다. 나를 보고는 "이 음식 텔레비에서 본 적 있다" 하면서 웃었다. 어머니는 제규 손을 봤다가 얼굴을 봤다가를 반복했다. "제규야, 학교에서 음식 하는 거 배우냐?" 아버지는 밥상 앞에서 제규에게 물었다. 제규는 아니라고 답했다. 아버지는 다시 "학원에서 배우냐"고 물었다. 제규는 "그냥 집에서 혼자해요"라고 했다. 아버지와 어머니는 제규가 닭가슴살을 삶아서 만든 무쌈말이를 먹었다. 매운 것을 못 먹는 어머니는 남편이 한 버섯볶음과 호박볶음을 먹고, 아버지는 사골국물을 갖다 달라고 해서 밥을 말았다.

제규가 만든 음식이 놓인 접시만 비어갔다. 아버지, 어머니가 정말 최선을 다해서 드시는 게 내 눈에 보였다. 그래서 나도 열심히 무쌈을 먹었다. 식사가 끝나자마자 아버지는 누웠다. 나는 상을 걷고, 남편은 설거지를 했다. 어머니는 벽과 식탁을 짚고 부엌으로 와서 바닥을 닦았다. 나랑 눈이 마주친 어머니는 말했다.

"지영아, 너는 좋겠다. 아들이 밥 해줘서."
"어머니도 좋으시겠어요. 막내아들이 밥 해주잖아요."

나는 부엌을 정리하고 거실로 갔다. 남편은 어머니가 버려달라는 쓰레기를 치우러 갔다가 들어왔다. 어머니는 당신의 막내아들에게 "느 아버지 발톱 좀 깎아주라"고 말했다. 아버지는 요양보호사한테 부탁할 거라며 마다했다. 그러니까 남편이 선뜻 나서지 못했다. 나는 아버지를 봤다. 발톱만 깎으면 엄청 시원해질 표정이었다.

"아버지, 제가 깎아드릴게요."
"아, 싫어~."
"저 아직 노안 안 왔어요. 진짜 잘 깎을 수 있어요."

소년의
레시피

아버지의 발등은 퉁퉁 부어 있었다. 발톱은 부슬부슬 힘이 없었다. 어느 지점까지 깎아야 할지 어려웠다. 손톱깎이를 발톱에 댔더니 아버지가 아프다고 했다. 바짝 깎아서는 안 되는 모양이었다. 나는 발톱 끄트머리만 살살 깎았다. 아버지는 그걸로 충분하다고 했다. 나는 아버지 발에 다시 양말을 신겨드렸다.

우리 식구는 집으로 돌아왔다. 그날 밤, 꽃차남을 재운 나는 제규 방으로 갔다. 언제나처럼 스마트폰으로 게임 중이었다. 상냥하게 말하겠다고 대결심을 한 건 도로아미타불, "요리하겠다는 애가 연구는 안 하고 만날 게임이냐"고 따졌다. 제규는 방금 전까지 할아버지한테 해드릴 음식을 고민했다고 했다. 소화 잘되게 전복죽을 해야겠다고. 나는 그래서 남편이 한 말을 전했다.

"아빠가 오늘 수산리에서 한 메뉴는 실패래. 원래 할아버지는 다 잘 드셨잖아. 육식, 한식, 일식, 퓨전 음식도. 그래서 할머니 중심으로 한 거래. 할머니는 고기랑 매운 거를 안 드시니까. 할아버지는 고기를 좋아하지만 기름기 많이 드시면 안 되니까 수육을 한 거고. 근데 할아버지가 식사를 못 하셨어. 나중에는 사골국에 밥 말아서 드셨잖아. 아빠는 기분이 좀 그런가 봐."

제규는 한참 만에 말했다.

"엄마, 시간이 여기서 평생 안 지났으면 좋겠어요. (울컥) 엄마 아빠가 늙는 게 싫어."

누구나 시간을 멈추고서라도 지키고 싶은 사람들이 있다. 이 간절한 임무를 완수한 사람이 있었던가. 없다. 삶은 유한하다는 아픈 진리만이 사람들을 각성시켰다. 각자의 방식으로 사랑을 실천하게 만들었다. 우리 아버지 강호병 님은, 남편 강성옥은, 식구들에게 밥상을 차리는 걸로 당신들의 생각을 구현하고 있다. 제규도 그 세계에 한 발짝 들어선 것 같다.

무쌈말이

간단하면서도 있어 보이는 음식이다. 색의 조화가 정말 아름답다.
흰색, 노란색, 빨간색, 초록색. 알록달록한 게 식욕을 자극한다.

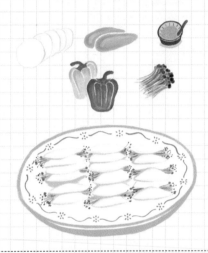

재료:
쌈무, 닭가슴살, 머스터드(겨자), 무순, 피망(노란색과 빨간색)

1   닭은 소금, 후추를 뿌린 후 물에 삶는다 (수비드 조리법으로 익히면 더 부드럽다).

2   파프리카를 채 썬다.

3   닭고기를 결대로 찢는다.

4   쌈 무에 머스터드를 조금 바르고 파프리카, 닭가슴살, 무순을 넣는다.

5   잘 말아준다.

6   시간이 남을 때는 다 만든 무쌈을 부추로 묶어보자. 더욱 맛있어 보인다.

잘 먹는 집안에는
좋은 할아버지가 있다

"오늘 낮 12시에 수산리(시가)에서 주꾸미 샤브샤브 먹습니다. 시간
되는 분들 오세요. 늦으면 주꾸미가 수영하고 나간 물에 라면만 먹
습니다."

남편이 '강호병·고옥희님 자손들'이라는 제목의 식구들 단체 채팅
방에 글을 올렸다. 누구도 댓글을 달지 않았다. 남편은 개의치 않았
다. 올 사람은 다 오니까. 남편은 큰시누이가 사오라는 채소 몇 가지
를 샀다. 샤브샤브에 들어갈 소고기는 넉넉하게 샀다. 어시장에서 일
하는 후배한테 갓 잡은 주꾸미도 5킬로그램 샀다.

시가에 갔더니 어머니만 거실에 있었다. 아버지는 텃밭에다 생강

을 심는 중이라고 했다. 남편은 곧바로 부엌으로 갔다. 제규도 장 봐 온 돈가스와 샐러드 재료를 들고 부엌으로 갔다. 아기 낳은 지 열흘 된 형수님한테 해주고 싶다고 했다.

"셰프님, 이거 씻을까요?"

뒤늦게 온 작은시누이가 샐러드를 만드는 제규 옆에서 보조 역할을 했다. 목적은 따로 있었다. "제규야, 고모는 언제 초대할 거야?"라고 수없이 물었던 작은시누이는 조카가 한 음식을 자랑하고 싶어 했다. 그릇에 싸가지고 친구들한테 갈 예정이었다. 큰시누이는 제규가 공들여서 한 음식을 왜 갖다주느냐며 "안 돼, 우리 식구 먹을 거여"라고 했다.

밥 먹을 준비를 다한 남편은 밥상을 차렸다. 몇 년 전에 대장암 수술을 한 아버지는 바닥에 앉지 못 한다. 그래서 거실 테이블에 음식을 놓았다. 남편은 끓는 육수에 소고기와 주꾸미를 익혔다. 접시에 담아서 아버지한테 먼저 드렸다. 아버지는 당신의 세살배기 증손주가 먹는 모습을 지켜봤다.

지난 일요일에 남편이 차린 밥상은 실패, 아버지는 통 먹지 못 했다. 이번에는 달랐다. 아버지는 주꾸미도, 소고기도 맛있게 먹었다.

어머니 눈치를 살피면서 "술 한 잔 해야 쓰겄다"고 했다. 그러고는 샤브샤브 국물을 안주 삼아 소주 두 잔을 마셨다. 큰시누이는 부엌으로 가서 살아 있는 주꾸미를 잘게 탕탕 쳐서 '탕탕이'를 만들었다.

"좋다! 부드러워."

아버지가 탕탕이를 먹으며 말했다. 아버지 맞은편에 앉은 어머니는 음식을 천천히 먹었다. 여덟 살 먹은 꽃차남은 세 살짜리 아기 앞에서 삼촌 행세를 제대로 했다. 밥상을 보자마자 불꽃같은 성깔로 "먹을 게 없어"라고 투정을 부려야 하는데 참고 있었다. 제 아빠가 샤브샤브 국물에 라면을 끓이자 그나마 좀 먹었다.

지난 주말처럼, 아버지는 식사를 마치자마자 누웠다. 오전 내내 생강을 심고 점심에는 반주를 곁들였으니까 노곤하리라 짐작했다. 나는 밥상을 치우는 남편에게 쉬라고 했다. 남편은 설거지만 남겨두고 들어갔다. "아이고, 우리 배지영이가 어쩐 일이여! 설거지를 다 하고?" 큰시누이가 웃으면서 물었다. 아, 억울하다. 나도 사람 도리를 아는 사람. 차려준 밥을 먹고 나면 설거지는 하는 편인데. "나도 쫌 해요"라고 우기지는 못 하겠다. 우리 집 김장김치는 십수 년째 큰시누이가 담가주고 있다. 철철이 오이소박이, 열무, 물김치, 깻잎 장아찌를 갖다주고, 각종 양념을 챙겨주는 사람도 큰시누이다.

큰시누이는 제규를 불러서는 "고모랑 생채하고 깍두기 만들자"고
했다. 두 사람은 식탁 양쪽에 마주보고 섰다. 큰시누이는 제규한테
칼질을 가르쳤다. 칼을 뒤에서 앞으로 미는 듯이 살살살 움직이라고
했다. 무조건 빨리 칼질을 하는 게 좋은 건 아니라면서. 제규가 칼질
속도에 집착하고 있다는 걸 어떻게 간파한 걸까.

"제규야, 고모 친구 중에 요리사가 있어. 서울 신라호텔에서 요리사
로 일한 사람이여. 젊은 사람들이 계속 들어오니까 나이 오십 넘으
면 설 자리가 없드라. 지금은 군산까지 내려와서 일해. 갸가 처음 주
방 들어갔을 때는 프라이팬으로 쾅 머리도 맞았댜. 어떤 식당은
양파를 산더미같이 쌓아놓고 까라고도 한다야.
고모는 있지, 우리 조카가 (요리를) 취미로만 했으면 좋겠어. 고모는
우리 식구들끼리 나눠 먹으라고 요리하는 게 좋거든. 근데도 어쩔
때는 너무 힘들어. 남한테 먹이는 일은 얼마나 힘들겠냐? 요리하는
거 좋으면, 느그 아빠처럼 해. 집하고 급식소에서만 하믄 되지. 요새
는 잘되는 음식점도 망해가는 참이라, 식당 차리는 것도 보통 일이
아니여."

큰시누이는 제규한테 요리를 업으로 삼지 말라고, 다른 일을 찾
아보라고 부탁했다. 그러면서도 겨울 무와 봄 무의 차이를 알려줬다.
시장에서 무를 사다가 되도록 얇게 써는 연습을 하라고 했다. "포

뜰 때도 감각이 있어. 칼이 여기까지 들어가는구나를 익혀"라고 했다. 생채와 깍두기 양념을 어떻게 하는지도 보여주었다.

깍두기를 버무릴 때, 큰시누이는 비닐장갑을 끼려는 제규한테 처음으로 엄하게 말했다. 맨손으로 해야 손맛이 난다고, 비닐장갑이다 깨끗한 건 아니라고. "지네 아빠 닮아서 손은 겁나게 크네" 기특해하면서도 "저 어린 손, 아려서 어쩌냐" 걱정을 했다. 그녀는 진짜 요리사는 치우면서 요리하는 거라며 중간 중간 부엌을 정리했다.

"무슨 수업이 그래요? 참 일관성이 없어. 제규한테 요리는 하지 말라면서 뭐 그렇게 자세하게 가르쳐요?"

나는 큰시누이한테 항의했다. 그녀는 막 웃었다. 거동이 불편해도 방바닥을 닦고 다니던 어머니가 부엌으로 왔다. 큰시누이가 "엄마, 이거 제규가 담은 생채야. 먹어봐. 맛있게 됐어"라고 했다. 매운 걸잘 못 먹는 어머니는 마다하지 않고 먹었다. 소파에서 낮잠을 주무시던 아버지도 일어났다. 물을 마시러 부엌으로 왔다. 큰시누이는 아버지한테도 깍두기를 권했다.

"아빠, 손주가 담은 거니까 먹어봐요. 양념은 진짜 잘됐는데 무에 심이 들어 있는 것도 있어. 그래도 맛있게 드세요."

소년의
레시피

일요일 오후, 특별한 건 하나도 없었다. 우리는 제규와 큰시누이가 만든 생채와 깍두기를 싸들고 부모님 집을 나섰다. "저희 갈게요. 다음 주에 올게요"라고 인사를 했다. 어머니는 우리 아이들한테 "느 엄마 힘드니까 우애 있게 지내야 혀"라고 했다. 아버지는 "그리여, 고맙다. 어서 가서 쉬어라"고 했다.

다음주 일요일. 우리는 시가에 갈 수 없었다. 군산의료원에 있었다. 아버지는 의식이 없었다. 나흘 전 아침에 하혈을 심하게 해서 입원한 상태. 발은 차가워져갔지만 혈색은 나쁘지 않았다. 밤늦게 문병 온 친척 어른이 "이러다가 좋아질 수도 있어. 금방 가시진 않아. 우리 어머니도 그러셨어"라고 경험을 얘기해주었다.

다음 날 새벽 1시쯤. 시누이들이 "애들 학교 보내야지"라면서 우리 부부한테 자고 오라고 했다. 남편은 집에 오자마자 아이들 먹을 국을 끓이고 반찬을 했다. 나는 씻고 머리를 말리고 있었다. 그때 작은시누이한테 전화가 왔다. "바로 와." 아버지의 맥박과 심박이 느려지는 동안 우리는 아버지한테 한없이 고마웠던 마음을 전했다. 듣고 계실 테니까.

그날 새벽 6시, 아버지는 세상을 떠났다. 그 봄, 아버지는 동네 사람들과 봄놀이를 가지 못 했다. 서운해도, 화가 나도, "허허" 웃고 살아온 인생. 이웃들에게 5만 원을 희사하고는 거실에 있는 노래방 기계를 켜고 흥겹게 노래를 불렀던 분이다. "남자가 부엌에 들어가도 꼬추가 떨어질 일이 없어"라면서 음식을 했던 아버지는 어머니를 홀로 두고 갔다.

아버지가 심어놓고 간 열무와 양파는 잘 자랐다. 큰시누이는 그걸 뽑아서 김치를 담갔다. 그녀는 "아빠가 주는 마지막 김치여"라면서 나눠주었다. 2주가 지난 주말에는 새로 짠 참기름을 주면서 "아빠가 주는 마지막 기름이여"라고 했다. 어제는 다져서 얼린 마늘을 주며 "아빠가 주는 마지막 마늘이여"라고 했다. 두고두고 먹으라고 했다.

아버지는 우리한테 음식만 남겨준 게 아니다. 아내를 아끼고, 새끼들을 예뻐하고, 이웃과 유쾌하게 지낸 당신의 유전자도 물려주었다. 그래서 나는 결혼하고 줄곧 남편이 해주는 밥을 먹고 산다. 고등학생 아들은 스스로 아침밥을 해먹고 학교에 간다. 저녁에는 식구들 밥을 차린다. 제 할아버지처럼 친구들을 불러와 밥을 해 먹인다.

"저 세상에서 아빠가 뭐 하고 지내실 것 같아? 이 세상에서처럼 똑같이 지내실 거야. 지나가는 사람 있으면, '어이!' 불러서 같이 먹자고 하고, 노래하고, 술 드시면서 유쾌하게 지낼 거야. 그러니까 울지 말자. 재밌게 지내자."

작은시누이가 말했다. 울컥울컥 솟던 눈물이 바로 마르지는 않았다. 그러던 어느 날, 아버지같이 근사한 사람을 《조선 셰프 서유구》에서 만났다. 서유구는 《임원경제지》를 쓴 사람. 우리 아버지 강호병 님보다 170여 년 앞서 태어났다. 그러나 명문가 출신 서유구도, 그의 할아버지도 직접 음식을 했다. 그의 할아버지가 임종을 앞뒀을 때, 서유구는 이렇게 썼다.

"좋은 집안이거나 먹고살 만한 집안에는 반드시 인품이 좋거나 학식이 뛰어나거나 돈을 버는 재주를 가진 인내심과 희생정신이 강한 남다른 할아버지가 계신다. 할아버지의 덕과 수고로 생기는 혜택은 아들인 아비보다 손자가 더 많이 받게 되는데 우리 서씨 집안도 다르지 않다."

탕탕이

돌아가신 할아버지와 먹은 마지막 음식이다.
할아버지는 소주 한 잔이 생각난다고 하셨다.

재료:
주꾸미(신선한 것), 계란 노른자, 참기름, 마늘, 소금

1   주꾸미를 먹기 좋은 크기로 탕탕탕 잘게 자른다.
2   참기름, 다진 마늘, 소금을 섞어 양념장을 만든다.
3   주꾸미와 양념을 버무린다. 탕탕이 위에 계란 노른자를 얹으면 된다.

아들이 차려주는 밥에도
애환이 있는 법

물을 못 넘기고, 밥알을 못 삼킬 것 같았다. 그러나 때가 되면 먹어야 했다. 살아 있는 사람의 숙명이었다. 시아버지를 화장해서 납골묘에 두고 와서도 우리는 곧장 식당으로 갔다. 달게 물을 마시고 밥을 먹었다. 다시 일상, 아침에 일어나면 밥을 먹고 각자의 학교와 일터로 갔다. 저녁이면 함께 모여서 또 밥을 먹었다.

일주일에 한두 번만 친구를 데려오던 제규는 평일 내내 친구들과 집에 왔다. 자신이 큰고모랑 함께 만든 생채에 참기름을 넣고서 양푼 비빔밥을 해먹었다. 부대찌개, 매운 닭찜, 두부김치, 피자, 파스타, 샐러드, 마파두부, 떡볶이, 날치알김밥 등을 만들었다. 노력하지 않아도 저절로 되는 '완식', 열여덟 살 소년들은 참 많이들 먹었다.

제규가 저녁밥을 할 때, 나는 늘 밥벌이를 하고 있다. 옆에서 지켜볼 수 없는 처지다. 그래서 나중에 제규를 인터뷰한다. 제규는 음식 재료와 조리 과정을 자세하게 설명한다. 나는 가끔 못 알아들을 때가 있다. 떡갈비에 쓸 고기는 세 종류로 손질한다고 했을 때도, 감이 안 잡혔다.

"엄마, 갈빗살을 해동시켜서 다 분해한다고요. 뼈랑 살을요. 처음에는 뼈에 고기가 어느 정도 붙게 손질해요. 살은 살대로 따로 하고요. 반절은 완전히 다지고요. 나머지 살은 적당히 다져요. 그러니까 세 가지죠. 뼈와 살, 적당히 자른 살, 다진 살. 뼈는 한 번 더 씻어요. 뼈를 자르는 기계가 더러울 수도 있으니까요."

제규는 손질한 갈빗살에 후추와 소금을 뿌렸다. 간장에 다진 파, 마늘, 매실액을 넣은 양념장을 만들어서 갈비를 재웠다. 처음 할 때는 양파도 다져서 넣었지만 물기가 많이 생겨서 안 넣는다고 했다. 엄마 눈치를 살피지 않고 마음껏 텔레비전과 스마트폰을 할 수 있는 '불금'. 제규는 다음 날 먹을 떡갈비를 준비하느라 부엌에 있었다.

토요일 새벽, 제규는 벌떡 일어났다. 자신이 좋아하는 식당의 떡갈비처럼 만들고 싶었다. 반찬도 비슷하게 차려야지. 그러려면 부추가 있어야 한다. 시장도 마트도 닫힌 시간. 제규는 안방으로 가봤다.

엄마, 아빠와 동생은 무척 곤하게 자고 있었다. 늦잠 자는 게 정상인 10대 소년은 갑자기 잠이 쏟아졌다. 제 방으로 가서 누웠다.

"1시간 정도만 더 자야겠다고 생각했지. 근데 일어나니까 10시 반이 었어요. 망한 건 아니에요. 재어둔 갈빗살을 얇게 펴서 오븐에 돌리기만 하면 돼요. 원래 철판으로 구워야 하는데 우리 집은 없잖아요. 식당 흉내를 내고 싶어서 새우랑 애호박도 볶았어요. 아빠가 남겨둔 돼지고기가 냉장고에 오래 있는 것 같아서 수육도 했고요."

밥상은 제규가 원하는 모양새였다. 그런데 남편이 점심 약속이 있다면서 나간단다. "그럴 수도 있죠"라고 말하는 제규 표정에는 실망감이 드러났다. 음하하핫! 현명한 엄마인 나에게는 '플랜 B'가 있다. 제규가 아이였던 시절에는 '절친'으로 지냈던 사람, 육식은 하지 않지만 돈가스와 떡갈비만은 먹는 내 자매 지현이 있으니까.

나는 지현에게 전화를 했다. 안 받았다. 제부 전화도 신호만 갈 뿐, 받지 않았다. 우리 집과 지현의 집은 걸어가면 3분에서 5분. 뛰어갔다. 문을 두드렸다. 야근하고 와서 잠을 자고 있던 제부가 문을 열어주었다. "처형, 지현이 미용실에 갔어요"라고 했다. 나는 제부에게 "우리 집에 가서 밥 같이 먹을래요?" 하고 물었다. 거절당했다. 제부는 더 자야 했다.

"제규야, 지금 이모네 집 앞이거든. 이모가 핸드폰을 두고 미용실에 갔대. 미용실에 전화해봤더니 방금 나갔다고 하고. 엄마가 찾으러 가면 이모랑 길이 엇갈릴 수 있으니까 여기서 기다릴 거야. 음식, 식어도 괜찮겠어?"

"엄마, 그럼 그냥 와요. 이모는 미용실 갔다가 은행까지 들렀다 올 것 같아요."

제규는 음식이 식어서 맛없어지는 걸 싫어한다. 나는 뛰었다. 밥상의 음식은 따끈따끈하지 않았다. (집안에서는) 눈치 보는 게 뭔지 전혀 모르는 꽃차남. 솔직한 말과 행동만 하는 '초딩' 1학년은 포문을 열었다. "이거, 맛없을 것 같아"라고. 제규가 "먹지 마!"라고 맞받아친다면, 그 다음 장면은 뻔했다. 식탁은 전쟁터로 돌변할 판이었다.

아슬아슬한 순간, 남편이 왔다. 모임에 가서 얼굴만 비추고 돌아왔다고 했다. 밖에서도 집안을 꿰뚫어볼 줄 아는 그는 식탁에 앉았다. 꽃차남에게 "맛있으면 맛있다고 하는 거야"라고 했다. 그러고는 떡갈비를 먹었다. 아빠가 먹는 모습을 본 제규는 식당에서 먹는 맛이 안 난다는 자체평가를 했다. "아빠는 맛이 어때요?"라고 물었다.

"제규야, 식당에서 파는 떡갈비처럼 하려면 고기를 많이 두드려야 해. 전분을 써서 접착성도 높이고."

"다 하긴 했어요. 그런데도 그 맛이 안 나. 아직은 사 먹는 게 더 낫겠어요."

제규가 좋아하는 식당의 떡갈비는 1인분에 21,000원이다. '성장기 육식인'이니까 혼자서 5인분도 거뜬하게 먹는다. 툭 하면, "우리 떡갈비 먹으러 가요"라고 말했다. 우리 식구는 자주 갔다. 제규가 고등학교 들어가기 전까지만. 스스로 장 보고 음식을 하면서는 달라졌다. 살림 고수 주부들처럼 "사 먹는 건 다 비싸요"라고 한다.

한편, 제규의 예언대로 지현은 미용실에 갔다가 은행에 들러서 집으로 돌아갔다(지현은 어린 제규를 데리고 미용실, 은행, '초록마을'에 다녔다. 단둘이 그 이상을 가본 적이 없다). 제부는 현관 앞에 나와서 지현을 기다리고 있었다. 1년 365일 중에 딱 그 시간만 비웠는데 부재중 전화가 19통. 뜻하지 않게 조카와 남편을 애타게 만든 지현은 머쓱해했다.

"나 지금 갈게."

밥을 다 먹어가는데 지현이 보낸 문자가 왔다. 제규는 "으악, 어떻게 해요? 이모 줄 떡갈비가 별로 없는데. 뭐라도 해야겠어요"라고 했다. 일어나서는 밥상을 걷고, 접시를 꺼내서 반찬을 따로 담았다. 나는 밥을 덜었다. 그때 지현이 우리 집에 도착했다. 제규는 청소년 특유의 웅얼웅얼 말투를 썼다. 해석하자면 다음과 같았다.

"이모, 그릇도 식당이랑 비슷한 느낌 나게 차린 거예요. 부추무침도 하려고 했는데 부추를 못 샀어요. 그렇게 맛있지는 않아요. 근데 다음에는 더 잘할 수 있을 것 같아요."

식탁에 앉은 지현은 수저를 들지 않았다. 우량아로 태어나서 청소년기부터 줄곧 다이어트를 해온 그녀는 "입맛 없다"라는 말의 실체를 몰랐다. 몇 년 전부터야 "입맛이 쓰다"는 게 괴로운 일이라는 걸 알았다. 그러나 조카가 한 음식은 기쁘게 먹어왔다. 지현은 제규의 눈치를 살폈다. 만세! 제규는 친구들이랑 만날 시간이 다 됐다면서 잽싸게 나갔다.

토요일 한낮, 더위에서 기분 나쁜 물기가 감지되었다. 밥을 먹었는데도 처졌다. 날씨의 영향을 받지 않는 꽃차남은 쾌활했다. 어디든 나가자면서 블록 통을 꺼내와서 쏟았다. 색종이 뭉치를 한꺼번에 펼쳤다. 우리 집에 있어봤자 지현은 좋은 꼴을 못 본다. 깔끔한 그녀는 청소를 하려들겠지. 나는 지현에게 남은 떡갈비와 새로 지은 밥을 싸주면서 집에 가라고 떠밀었다.

그날 오후, 제규는 집에 오자마자 "아침에 떡갈비 맛있었어요?" 물었다. 나는 객관적인 사람, 감탄사 "꺄아!"는 뺑 차버렸다. 최대한 절제해서 "겁나게 맛있었지"라고 했다. 제규는 쓰고 있는 레시피 노트를 가져와서 나한테 보여주었다.

시아버지가 돌아가신 5월 2일, 그 뒤로도 우리는 밥 먹고 살았다. 제규는 다양한 요리를 했다. 떡갈비뿐 아니라 마늘간장치킨과 멘치카츠도 먹었다. "너는 전생에 나라를 구한 거야? 어떻게 고등학생 아들이 차려주는 밥을 먹고 사냐"는 부러움은 재깍 반사하겠다. 옆구리에 잡히는 살을 걱정하는 아주머니의 비통함이 있으니까.

떡갈비

떡갈비는 갈비뼈가 있어야 진짜 떡갈비.

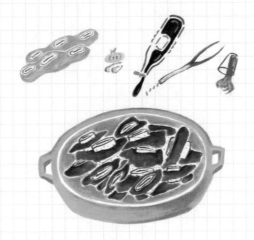

재료:

갈빗살, 마늘, 간장, 파, 매실 액기스

1. 갈비를 적당히 다진다. 너무 다지면 씹는 맛이 없고, 덜 다지면 떡갈비 같지 않다(떡갈비는 갈 빗대가 중간 중간 들어가 있다. 갈빗대에 살을 적당히 남겨놓고 다진다).

2. 간장, 매실 액기스, 마늘, 다진 파로 양념장을 만든다.

3. 다진 고기를 양념에 재운다.

4. 오븐에 굽거나 무쇠로 되어 있는 큰 팬에 굽는다. 석쇠에 구워도 좋다.

4부

그렇게 쭉,
우리는 함께 먹을 것이다

소유욕은 사라지고
요리욕이 꿈틀댄다

"엄마, 미용실 문 닫았어요!"

제규는 밤마다 허탕을 치고 왔다. 학교 끝나고 장 봐서 집에 오면 오후 5시 40분쯤. 갖가지 음식을 해서 저녁밥을 차리면 1시간이 훌쩍 지나간다. 맛있게 먹고 그릇을 식기세척기에 넣은 다음에 부엌을 정리하면 어느새 저녁 8시, 제규는 잽싸게 나갔다. 아파트 정문에 있는 미용실로 갔다. 불은 이미 꺼져 있었다.

제규는 낭랑 18세. 근사할 때이지만 더 멋져 보이고 싶은 나이. 저녁밥을 먹고 나서는 헬스클럽에 다녔다. 두 달만. 성실하게 다니는 편은 아니라서 나는 "돈 아깝다"는 잔소리를 했다. 제규는 이모부한테 전화해서 "아령이요, 안 쓰시면 저 주세요"라고 했다. 밤마다 혼자서 홈 트레이닝을 했다. 그러다 어느 날 샤워하기 전에 거울로 근육을 살피면서 머리가 길다고 푸념했다.

"제규야, 오늘 학교 끝나고 집에 친구 데려올 거냐?"
"혼자 가는데요."
"그러면 저녁밥 하지 마. 너 학교 간 뒤에 아빠가 국도 끓이고 반찬도 해놨거든. 미용실 갔다 와."

목요일 오후, 나는 제규에게 전화를 했다. 집에 온 제규는 손 씻고 옷을 갈아입은 다음 침대에 벌러덩 누웠다. 와이파이를 켜고 두 손으로 스마트폰을 떠받들었다. 음악을 들으면서 웹툰을 보는 청소년에게 잔소리를 하는 건 무모한 행동. 나는 도전해야 했다. 제규의 외모가 덥수룩한 머리카락 때문에 가려지면 안 되니까.

제규는 "10분만 더요"라면서 버티기에 들어갔다. 나는 상냥하게 "꽃차남도 데리고 가서 깎고 와"라고 '혹'을 붙여줬다. 심심해하던 꽃차남은 제규 방으로 가서 "형형, 미용실 언제 갈 거야? 지금 갈 거 아니야?"라고 조르기 기술을 썼다. 결국, 1일 5회 이상 티격태격 싸우며 무예를 단련하는 '의좋은 형제'는 집을 나섰다.

"원장님한테 꽃차남 먼저 '투 블록 컷'으로 해달라고 했어요. 머리 깎는데 꽃차남이 계속 움직였어요. 그러니까 시간이 많이 걸리잖아요. 미용실에 손님이 없던 게 다행이지. 나는 금방 끝나는데, 꽃차남은 지루하다고 나갔어요. 놀이터에 친구가 있더라고요. 둘이 안다고 인사하는 거를, 내가 확실히 확인했어요."

나는 밥벌이를 마치자마자 미용실로 갔다. 놀이터에서 그네 타는 꽃차남도 만났다. 파르라니 깎은 아이들의 뒤통수에는 멋짐이 가득했다. 햇볕에 바짝 마른 수건처럼, 만지면 고슬고슬하고 기분이 좋다. 다들 머리 모양이 맘에 드는지 환했다. 나도 따라서 표정이 고와졌다. 채 3분을 못 갔다. 귀찮다고 낮밥을 안 먹어서 배가 고팠다.

집에 오자마자 제규는 부엌으로 갔다. 냉장고에서 고기부터 꺼냈다. 뭔가를 만들려는 자세, 솔직히 속 터진다. 나를 안 닮았다. 제 아빠만 닮았다. 분식집 김밥을 사서 먹을 때도 남편은 기어이 밥상을 차린다. 애들이 시킨 치킨이 왔는데도 상을 차리는 사람이 남편이다. 그런 태도를 이해하는 척하려면 배부르고 느긋해야 한다. 나 먼저 밥을 먹었다.

"나도 배고팠죠. 그래도 '에그 인 헬'을 먹고 싶었어요. 초간단 요리예요. 먼저 소고기를 얇게 썰어요. 그 위에 미리 만들어놓은 토마토 소스를 뿌리고요. 달걀이랑 베이컨도 넣어요. 토마토 소스 속에 빠진 달걀이 지옥 불에 있는 것 같다고 '에그 인 헬'이래요. 원래 이름은 이스라엘 아침 메뉴 '삭슈카'예요. 나는 소고기를 썼는데 그 나라는 닭가슴살을 쓴대요."

제규가 보는 책 중에 《악마의 레시피》가 있다. 칼로리가 높은 음식만 나온다. 제규는 사진만 보고도 입맛을 다신다. 나는 에그 인 헬도 칼로리가 높아서 붙은 이름인 줄 알았다. 어쨌든, 지옥 불에 빠진 달걀 요리가 나왔다. 나는 회원 세 명이서 노는 인터넷 카페에 사진을 올렸다. 한 친구가 "이렇게 먹으면서 살면 나는 굴러다니겠다"고 댓글을 달았다.

인간은 수십만 년 동안 진화해서 직립보행을 이루었다. 십만 년에 한 번 꼴로 빙하기에 접어들면, 덜 추운 곳을 찾아서 걷고 또 걸었다. 그런데 이제 와서 굴러다니는 존재로 살아가라고? 절대 동의할 수 없다. 저항할 거다. 어느 날에는 '이렇게 사육당하고 사는 것도 괜찮지' 체념할 때도 있다. 꽃 같은 아들이 해주는 음식을 어떻게 마다하겠는가.

제규는 한 가지 음식에 꽂히는 편. 어릴 때는 애호박전이나 김치전을 한 달간 먹은 적도 있다. 지난 봄에는 간장마늘치킨이었다. 제규가 처음으로 만든 날에는 "꺄아!" 소리를 질렀다. 동생 지현이도 불러서 맛있다고 난리를 쳤다. 와인까지 곁들였다. 꿀의 양으로 풍미를 조절한 간장마늘치킨을 연속으로 며칠간 먹었다. 그 뒤를 이은 건 멘치카츠였다.

"일본 정육점에서 돼지고기와 소고기를 갈아서 판대요. 거기에 다진 양파를 넣고, 후추랑 소금 간을 해요. 그렇게만 하면 으스러지니까 빵가루도 넣어서 단단하게 하고요. 밀가루, 계란물, 빵가루 순으로 묻혀서 튀기는 게 멘치카츠예요. 모양이 동그래야 해요. (사진을 가리키며) 예쁜 거는 내가 만들고, 나머지는 애들이 만든 거야. 재밌는 요리예요. 같이 하니까."

다다익선. 소년들에게 멘치카츠는 그렇다. 그 많은 걸 튀길 때, 기름은 손이 닿는 가스레인지나 싱크대 상판에만 튀지 않는다. 부엌 틈새 여기저기로 파고든다. 그것들은 마침내 찌든 때가 되어 '쩐내'를 풍긴다. 딱 그때쯤 제규는 분식에 꽂혔다. 친구들도 먹고 싶어 한다고. 그러나 같이 저녁밥을 먹는 내게는 의견을 묻지 않았다. 메뉴 통보만 했다.

분식의 꽃은 '라볶이'. 맨 나중에 해야 한단다. 제규는 먼저 장 봐온 냉동순대를 해동했다. 꼬치에다가 밑간을 해둔 닭가슴살과 버섯, 대파를 꽂았다. 친구들이랑 같이 만든 꼬치는 오븐에 넣고 돌렸다. 그 사이에 떡볶이를 만들고, 라면 사리를 넣어서 끓였다. 옷 갈아입으러 잠깐 집에 들른 남편이 초토화된 식탁을 보고는 아이들에게 볶음밥을 해주었다.

"엄마, 근데 내가 피자에도 꽂혔잖아요. 대관이랑 상현이, 성헌이가 내가 해준 거 맛있대요. 피자는 진짜 일도 아니야. 완전 쉽다니까요. 토마토 소스만 미리 만들어놓으면 돼요. 양파를 다져서 볶다가 투명해지면 익힌 토마토를 껍질 까서 넣어요. 바질도 넣고, 파마산 치즈 가루도 넣어서 40분 동안 끓이면 토마토 소스가 돼요.
도우 위에 토마토 소스 바르고, 치즈, 버섯, 베이컨, 고기 넣고 오븐에 돌리면 끝이에요. 엄마랑 저번에 간 레스토랑에서는 피자가 '바게트 도마'에 나왔잖아요. 그 도마를 아빠가 사줘서 좋아요. 우리 집은 오븐이 작으니까 도마가 길어서 안 들어가거든요. 다 된 피자를 잘라서 도마 위에 올려도 좋더라고요. (웃음) 기분 나잖아요."

날씬한 나무 도마 하나에도 기분이 산뜻해지는 제규는 자기 생활을 마음에 들어 한다. 올해는 생일에도 사달라는 물건이 없다. 요구하는 특별용돈도 없다. 친구가 물려준, 6년 된 '공 기계'를 개통해서 쓰면서도 최신폰 타령을 하지 않는다. 적극적으로 우기면 사줄 수 있는데도, "필요한 거 진짜 없어요"라고 잘라 말한다.

후텁지근 비 오는 날. 제규는 학교 끝나고 오면서 따뜻한 홍합국물이 먹고 싶었다. 마트에 갔더니 어패류가 아예 없었다. 시장에 갔더니 찬바람 불어야 나온다면서 아주머니가 생합을 권했다. 제규는 갑자기 떠오르는 게 있었다. 프랑스의 보양식, 달팽이 요리 '에스가르고'를 흉내라도 내보기로 했다.

"조개를 데친다는 느낌으로만 삶아요. 칼을 넣어서 조개 입을 벌려서 국물은 따로 모으고요. 거기에 마늘, 올리브유, 파슬리를 섞으면 굉장히 예쁜 색깔이 나오거든요. 그걸 다시 조갯살 위에 끼얹어요. 치즈까지 올려서 오븐에 굽고 나서는 발사믹 크림을 뿌려요. 음식에 다 어울리거든요. 참, 나 화이트 와인 필요해요. 아직 나이 안 되니까 엄마가 사줘야 하는데, 알았다고만 하고 왜 안 사주세요?"

화이트 와인을 사다준다고 말했던 게 몇 달 전이다. 제규는 "알았어"라고 말만 하는 엄마를 향해 복수에 들어갔(다고 짐작한)다. 6월

내내 고칼로리 음식만 했다. "오늘은 건강한 느낌의 쌀국수예요"라고 한 저녁에는 설거지를 마치고 곧바로 감자튀김을 했다. 바삭한 튀김 위에 파마산 치즈가루, 설탕, 파슬리가루를 뿌려서 내놓았다. 먹고 말았다.

누구도 앞날을 알지 못 한다. 밥상만 들어오면 먹기 싫다고 울었던 내 별명은 '갈비씨'. 서럽다고 느낀 시집살이는 "많이 좀 먹어라". 이제 그런 말은 나랑 상관없다. 제규가 만든 숱한 음식을 골고루 먹는다. 옆구리에 살이 잡힌다. 물건을 덜 사고 살겠다는 포부도 내년 여름쯤에는 무너질 것 같다. 왜? 내가 가진 단 한 벌의 수영복은 옆구리가 보이는 거니까.

에스가르고

마늘과 버터의 향이 오븐에서 구워지는 동안 코끝을 자극한다.

재료:
모시조개, 파슬리, 마늘, 버터, 치즈

1   버터를 녹인다.

2   모시조개를 살짝 데친 후 숟가락을 이용해서 껍질을 깐다.

3   이때 나오는 국물과 녹은 버터 마늘을 섞어서 소스를 만든다.

4   모시조개 위에 소스와 약간의 치즈, 파슬리를 올려서 오븐에 굽는다.

음식이 곧
약이 된다

꽃차남은 여덟 살, 몸에 열이 많다. 잘 때는 머리카락이 젖도록 땀을 흘린다. 아토피가 조금 있어서 다리를 긁느라 쉽게 잠들지 못 하는 날도 있다. 날씨가 후텁지근해지면 꽃차남이 자는 방에 에어컨부터 켠다. 1시간쯤 지난 뒤, 나는 방에 들어가본다. 아이의 고른 숨소리를 확인하고는 에어컨을 끄고 창문을 연다. 7월의 여름날 금요일 밤도 그랬다.

잠자리는 뽀송뽀송했다. 그러나 꽃차남 베개는 축축했다. 숨소리도 고르지 않았다. 자는 척, 숨죽인 것 같았다. 나는 "우리 꽃아기, 아직 안 자네?"라고 겨우 말했다. 꽃차남은 흐느꼈다. 내 품으로 파고들면서 "엄마가 죽을까 봐"라고 했다. 꽃차남은 할아버지 장례식을 통해서 알고 있다. 다시는 만날 수 없고, 마음속에만 남는 게 죽음이라는 것을.

그날 나는 아랫니의 양쪽 어금니 4개를 뺀 자리에 임플란트 수술을 했다. 말할 기운도 없었다. 입꼬리는 찢어지고, 얼굴은 퉁퉁 붓는 중이었다. 얼음팩을 양 볼에 대고는 손수건으로 동여맸다. 《톰 소여의 모험》에서 본 적 있는 모습. 고자질쟁이 동생 시드가 열이 나면 폴리 이모는 이렇게 싸매줬었지. 한마디로 밉상이었다.

"제규야! 미안한데, 아빠는 일 있어서 나가야 하거든. 네가 엄마랑 있으면 안 돼?"

토요일 아침 8시, 죽을 끓이고 난 남편이 말했다. 주말마다 나가서 노는 제규는 난처한 얼굴로 "지금 밖에서 친구가 기다려요"라고 했다. 1분쯤 지났나. "알았어요. 못 간다고 할게요"라고 하면서도 거울을 보고 옷을 입었다. 자식에게 짐이 되다니, 절대 원하는 바가 아니다. 나는 최대한 명랑한 목소리로 괜찮으니까 놀다 오라고 했다.

꽃차남은 친구 시후네 집에 가고, 나는 동생 지현을 만나서 치과에 갔다. 선생님은 뾰족한 도구로 내 입술과 턱을 찌르면서 아프냐고 물었다. 어금니 수술은 신경과 연결되어 있어서 묻는 절차라고 했다.

아팠다. 찢어진 입술도 아팠고, 드릴(또는 망치)로 뭔가를 박아놓은 어금니 자리도 아팠다. 선생님은 인상을 못 펴는 내게 "수술 잘됐어요"라고 했다.

구시대의 산물인 통금 시간이 우리 집에는 있다. 토요일에는 저녁 6시 전에 들어와서 저녁밥을 먹어야 한다. 식구는 달랑 네 명, 그 중에서 성별이 다른 한 사람은 무한도전 마니아. 방송이 시작될 때 밥상을 차리면 단식을 해버리기 일쑤다. 제규와 남편은 보통 통금 시간 전에 온다. 그날 제규는 오후 3시에 왔다. 연두부와 바지락을 사 들고서.

"엄마, 먹고 싶은 거 있어요?"
"없는데."
"뭐라도 먹어야죠. 먹기 싫다고 안 먹으면 어떡해요?"

우리 엄마 조팔뚝 여사도 임플란트를 했다. 엄마는 수술 끝나고 곧바로 집에 와서 상추쌈을 크게 싸서 먹었다고 한다. 그런 괴력의 식성을 가진 사람의 딸로 태어난 나는 툭하면 입맛을 잃었다. 가마솥 뚜껑을 열자마자 풍기는 밥 냄새가 싫다고, 돼지고기 누린내가 싫다고, 장마철 냄새 때문에 머리가 아프다고, 갖은 핑계를 대고는 안 먹었다.

제규도 어릴 때는 까다롭고 입이 짧았다. 우리 부부는 "크면 어차피 혼자서 먹잖아" 하며 초등학교 3학년 때까지 밥을 먹여주었다. 남편은 숟가락이 비행기인 것처럼 "위이잉" 효과음을 내면서 떠먹였다. 그러니 제규는 젓가락질도 제대로 못 했다. 스스로 밥을 하면서부터 거짓말처럼 바르게 젓가락질을 했다. 무슨 음식이든 가리지 않고 잘 먹는 청소년이 되었다.

음식 앞에서 성숙한 태도를 취하는 제규는 부엌으로 갔다. 김치를 꺼내서 잘디잘게 썰었다. 참기름을 두른 연두부에 김치를 올렸다. 내 앞에 쓱 내려놓으면서 "먹을 만할 거예요"라고 했다. 맛있는 냄새가 났다. 한 숟가락을 먹었다. 씹을 필요가 없었다. 부드럽게 넘어갔다. 접시를 깨끗하게 비웠다. 제규는 또 먹고 싶은 거 있느냐고 물었다.

"응, 파스타."

자고로 여자는 달달하거나 느끼한 음식을 먹어줘야 한다. 생리할 때, 또는 우울하거나 힘든 일이 있을 때. 이때의 파스타가 정통 이탈리아 식이면 곤란하다.《박찬일의 파스타 이야기》를 보면, 파스타에 소스가 '묻어' 있기만 한 게 진짜 이탈리아 파스타. 그러나 여성 호르몬의 지배를 받을 때 먹는 파스타는 소스에 푹 파묻혀 있어야 한다.

제규는 "파스타는 좀 어려워요"라고 했다. 하긴, 요리를 시작하고
는 소스를 산 적 없다. 직접 만든다. 면도 맛있게 삶는 법을 연구한
다. 라면도 설익었을 때 먹는 걸 좋아하니까 파스타 면도 살짝 덜 익
은 '알 덴테'를 선호한다. 제규에게 파스타 만들기의 어려움은 '끝날
때까지 끝난 게 아니다'. 몇개 밖에 없는 접시 중에서 근사한 걸 고
르느라 애먹는다.

"제규야! 《내 식탁 위의 책들》 읽었지? 그 책 작가는 1년 내내 파스
타를 먹으면서도 돈 주고 사 먹는 일은 없다고 단호하게 말하잖아.
그런데 책의 추천사를 쓴 박찬일 셰프는 이탈리아 음식을 하는 사
람이야. '파스타는 사먹지 않는다'는 작가의 세계관을 인정하거든.
'경의를 표한다'고도 써놨고. 너는 어떻게 생각해?"
"내가 뭐라고 말 할 자격이 있는 건 아니잖아요. 진짜 주방에 서서
일해본 적도 없고요. 근데 그럴 수 있을 것 같아요. 나도 파스타는
못 사먹어요. 돈 없잖아요. 엄마가 레스토랑 데려가서 사줘야 먹는
음식이에요."

나는 주로 동생 지현과 둘이 파스타를 먹으러 간다. SNS를 하지
않지만, 음식이 나오면 사진을 찍는다. 집에 돌아오면 저녁밥상에서
음식 사진을 보여준다. 제규는 그대로 따라해본다. 그 중에서 가장
좋아하는 건 '청양크림 파스타'. 크림 소스에 파묻힌 파스타 위에는

칼칼한 청양고추가 놓여 있다. 느끼하고 알싸해서 더할 나위 없이 개운한 파스타였다.

제규는 피클도 직접 담갔다. 김치도 담가봤으니까 두려움은 없었다. 마침 집에는 할머니의 텃밭에서 따온 싱싱한 오이가 있었다. 바질이랑 월계수 잎을 넣고 물을 끓였다. 거기에 소금과 설탕을 넣으면 물이 바르르 끓는 지점이 온다. 그때 식초를 넣었다. 오이도 미리 소금에 바락바락 씻어서 적당한 크기로 잘라놨다. 팔팔 끓인 물을 오이에 부으면 피클 완성!

"엄마, 원래 피클 담글 때는 피클링 스파이스가 있어야 하는데 우리 집에는 없잖아요. 그냥 빼고 했거든요. 근데 내 인생 최고의 요리였어요. 완전 맛있게 됐어. 나중에 피클 장사할까요? 요리 배우러 호주 갈 자신도 없어졌는데. 영어도 못 하고요. 돈 모아서 푸드 트럭이라도 먼저 해보고 싶어요. 근데 누가 안 사 먹겠지?"

어른이 된 제규가 우리 동네에 같이 산다면 좋을 것 같다. 자기 앞가림을 하며 사는 모습을 지켜보는 건 뿌듯함 그 자체겠지. 푸드 트럭을 하든, 작은 식당을 하든, 제규가 만드는 음식이라면 날마다 사 먹으러 갈 거다. 그러나 한국의 주방에서 일한다는 건 참고 견뎌야 할 것들 투성이. 노동 시간도 길고, 하대받는 것도 일상이라는데.

다행이라면, 제규는 앞날을 생각하며 근심걱정에 휩싸이지 않는다. 하루하루를 산다. 학교에 가면 반드시 세 가지를 한다. 첫째는 틈틈이 졸기. 둘째는 저녁 메뉴 정해서 장 볼 식품 정하기. 셋째는 전날 한 음식 사진을 프린트 해가서 레시피 노트 쓰기. 그러고도 시간이 남을 때는 어떻게 할까. 가끔씩은 충실한 자세로 수업을 들을 때도 있겠지.

나는 임플란트 수술을 하기 전날에는 시금치 파스타를 먹었다. 제규는 먼저 시금치를 데쳤다. 채소 육수에 올리브유, 우유, 시금치 등을 넣어서 믹서기에 갈았다. 파스타 면을 삶기 위해서 소금 한 숟가락을 넣고 물을 끓였다. 그 틈에 할머니네 텃밭에서 따온 가지를 얇게 썰어서는 올리브유에 구웠다. 꽃처럼 말았다. 그래서 만든 게 시금치 파스타와 샐러드.

"우와! 시금치 샐러드 안에 들어 있는 가지 맛있다. 어금니가 없는 엄마 먹으라고 만든 거야? 감동했다야."
"그냥 한 건데요. 어차피 내일 수술하면 어금니 생기잖아요."

제규는 오이피클을 끝내주게 담글 줄 알고, 파스타도 여러 종류를 요리한다. 그래도 모르는 게 있다. 임플란트 수술 끝나면 바로 새 이가 생기는 게 아니다. 그날 나는 파스타를 한 입밖에 못 먹었다. 잇

몸이 너무 아팠으니까. 내 속도 모르는 제규는 매콤하게 바지락을 끓였다. 다진 새우와 달걀, 야채로 반죽하고 모양을 내서 찜기에 찐 어묵을 내왔다.

남편은 〈무한도전〉 할 때, 집에 왔다. 나는 여전히 고자질쟁이 시드처럼 양 볼에 얼음팩을 대고 손수건을 동여맨 상태. 남편은 제규한테 "엄마한테 저녁 뭐 해줬어?"라고 물었다. 철근도 씹어 먹을 수 있는 건강한 치아를 가진 열여덟 살 소년은, 임플란트 수술한 다음 날의 고통을 알지 못한다. 그저 해맑았다.

"〈무한도전〉 하기 전까지요, 엄마한테 네 가지 요리해드렸어요. 연두부하고 파스타 만들었고요. 얼큰한 바지락 국물도 하고 어묵도 직접 만들었어요."

돌아가신 아버지도 나를 '사육'하듯 먹인 적 있다. 꽃차남 두 돌 무렵에 내가 좀 아팠다. 머리카락도 뭉텅뭉텅 빠졌다. 그때 나는 아버지가 살아온 얘기를 쓰려고 시가에 갔다. 아버지는 인터뷰를 하는 중에 자꾸

일어나서는 "먹어야 쓴다. 잘 먹는 놈한테는 병도 덤비질 못 혀"라면서 여러 가지 음식을 권했다. 그래서 몸이 아픈 날, 나는 아버지가 해주신 말을 토씨 하나까지 기억해본다.

알리오 올리오 파스타

정말 간단해 보인다. 하지만 맛있게 하긴 어려운 것 같다.

재료:

소금, 파스타, 마늘, 파마산 치즈

1 파스타를 삶는다.

2 올리브 오일에 편 마늘 (다진 마늘)을 볶는다.

3 마늘 향이 올라오면 파스타를 넣고, 뻑뻑해 보이면 면수를 좀 넣는다.

4 면에 마늘 향이 어느 정도 배면 접시에 담는다.

5 파마산 치즈가루를 적당히 뿌린다.

여름 내내 외식 네 번, 더위를 이기게 해주는 레몬청

건강은, 행복한 요리를 먹는 데서
찾아진다

"엄마, 걱정하지 말고 미역국 끓여. 맛없어도 나는 맛있게 먹을 수 있어."

꽃차남이 잠자리에 들면서 한 말이다. 그 전에 우리는 생일선물을 사러 나갔다 왔다. 항균효과가 있고 발 냄새를 억제한다는 '인삼양말' 세 켤레를 샀다. 꽃차남이 가진 돈은 500원짜리 동전 4개. 그 돈으로는 택도 없었다. 모아놓은 용돈을 들고 온 제규는 "다른 거 더 큰 선물 사요"라고 했다. 함께 선물을 사 온 게 중요하다. 계산은 내가 했다.

8월 18일 새벽 0시 20분. 남편이 집에 들어왔다. 제규는 아빠를 기다리고 있었다. 현관에 서서 큰소리로 "아빠, 생신 축하해요"라고 했다. 술을 좀 마신 남편은 환하게 웃었다. (생일이니까) 가장의 권위를 내세우면서 "지금 몇 시야? 학교 가려면 빨리 자야지"라고 말했다. 나도 남편을 웃게 해주고 싶었다. 우발적인 선물을 주었다.

"여보, 안방에 밤새 에어컨 켜도 돼. 생일선물이야."

나는 일찍 일어나겠다는 각오를 하고 잤다. 그런데 알람 소리를 듣지 못 했다. 오전 5시 30분, 제 방에서 자던 제규가 안방으로 와서 나를 깨웠다. 미리 사다 놓은 국거리용 소고기를 꺼냈다. 냄비에 물을 붓고는 끓였다. 까딱 잘못하면 국물이 넘치고 가스레인지가 더러워지니까 지켜보고 있었다. 밥솥에 쌀을 안칠 때만 자리를 떴다가 금방 불 앞으로 왔다.

마흔 살 넘으면서 "너무 애쓰지 말자"는 합리화를 한다. 생일 잔칫상이니까 잡채나 부침개는 당연히 올라야 한다. 그러나 나는 1년에 한 번, 남편 생일에만 요리하는 사람. 작년에 끓인 미역국은 마늘향이 강하게 났다. 재작년의 미역국은 매웠다. 식구들은 "냄비 빡빡 씻은 거 맞어?"라고 물었다. 맛도 이상한데 위생까지 의심받다니, 정말 억울했다.

오래 전, 음식 만들기에 불타오른 적 있다. 제규를 낳았을 때였다.

결혼하고 밥상은 줄곧 남편이 차렸지만, 아기 이유식은 내가 만들고 싶었다. 개월별로 아기에게 해먹이라는 이유식 책을 샀다. 앙증맞은 그릇에 담긴 갖가지 이유식 사진 밑에는 조리 순서가 나와 있었다. 여러 번 읽었지만 만들 때는 갈피를 못 잡았다. 남편은 뚝딱뚝딱 잘도 만들더만.

요리책은 글자로 읽으면 체화가 안 됐다. 남편이 알려주는 말을 잘 기억해두었다. 그런데 까먹는 거다. 내 식대로 다시 공책에 적었다. 소리 내서 읽어봤다. 아아. 나는 레시피를 해독 못 하는 '똥멍청이'였다. 주방에 서서 무언가를 만들려고 하면 진땀이 났다. 설거지하고 빨래나 삶는 곳, 나는 부엌을 그런 용도로만 써왔다.

소고기는 1시간 동안 끓였다. 국물에 미역을 넣으려고 보니까 포장지에 미역국 레시피가 있었다. 냄비에 참기름을 두르고, 미역과 마늘을 넣고 어느 정도(차라리 몇 분이라고 알려주면 좋은데) 볶으란다. 그 다음에는 물을 넣고 푹 끓여서 간을 하면 된다고. 어? 나는 소고기만 신경 써서 끓였는데. 따로 미역을 볶았다가 끓여놓은 소고기 국물과 합체하라는 거겠지.

"제규야, 다진 마늘 어디에 있어? 아무리 찾아봐도 없어."
"(잠결이지만) 찾아봐요. 냉장실에 있지. 어제도 썼어요."

다진 마늘이 있어야 미역을 볶는다. 안 보였다. 냉동실에서 소설책 두께로 얼려놓은 마늘을 꺼냈다. 나는 며칠 전부터 팔이 아픈 상태. 셔츠를 입으려고 팔을 올리는 것도 힘들다. 그렇지만 남편 생일이니까 초인적인 힘을 냈다. 꽁꽁 언 마늘을 칼로 잘라냈다. 미역을 볶고, 끓여놓은 소고기 국물에 쏟아서 함께 끓였다. 생선도 굽고.

미역국에 밥, 생선. 내가 할 수 있는 건 여기까지다. 전날 남편이 해놓은 반찬을 꺼내서 상을 차렸다. 다해서 1시간 반이 걸렸다. 먼저 제규를 깨웠다. 수저를 놔주고 거실에 에어컨을 켜달라는 부탁을 했다. 오줌을 누고 온 꽃차남은 "엄마가 이걸 다 해냈어?" 감탄했다. 남편은 집에서 입는 팬티바람으로 생일 밥상을 받았다.

"생신 축하합니다. 생신 축하합니다. 사랑하는 아~빠, 생신 축하합니다."

아이들은 남성성을 뽐내며 목청껏 노래를 불렀다. 누구의 생일이든, 촛불은 자기가 꺼야 하는 꽃차남은 "아빠가 꺼. 생일이잖아"라고 점잖게 말했다. 이제 생일선물 전달식. 인삼향이 나는 양말과 처제가 미리 주고 간 속옷. 부족해 보였나? 꽃차남은 안방으로 가서 전재산의 절반을 가져왔다. 500원짜리 동전 두 개를 주면서 "아빠, 잘써"라고 했다.

식구들이 숟가락을 들 때, 나는 가슴이 두근거렸다. 남편은 내가 끓여주는 생일 미역국을 '원샷'하는 경향이 있다. 꽃차남은 미역국에 밥을 말 거다. 그러나 제규는 맨 처음 한입은 맛을 음미하며 먹는다. 요리학원 원장님한테 '절대 미각'을 가졌다는 칭찬까지 받은 '분'이다. 제규는 "좋은데요"라고 했다. 그게 끝은 아니었다.

"엄마, 소고기 미역국이잖아요. 근데 멸치 맛이 나. 멸치로 육수 냈어요?"
"아닌데. 다른 맛이 못 끼어들게 완전 철통 방어하면서 끓였어. 1시간 동안 불 앞에서 지켜본 거야."
"내가 틀릴 수도 있죠, 뭐. 맛있어요."

먹다 보니까 아침 7시 반이 넘었다. 제규는 카풀 버스를 놓쳤다. 내가 태워다주기로 했다. 남편한테는 꽃차남 학교 보낼 준비를 하라고 말했다. 케이크까지 먹고서 소파에 누워 있던 남편은 "나 오늘 생일인데?"라면서 의아해했다. 생일 맞은 사람을 째려봐도 되나? 안 되겠지. 남편 얼굴을 상냥하게 봤다. 다만 "뭐라고?" 물었다.

나는 지하주차장에서 차를 가지고 나왔다. 제규는 슬리퍼를 신은 채, 운동화는 손에 들고 있었다. 차에 타자마자 양말을 신고 신발을 갈아 신었다. 다른 날 같았으면 혼자서 학교 갈 준비를 한다. 스스로 밥을 챙겨 먹고서 늦지 않게 카풀 버스를 탄다. 한 마디로, 아빠 생일이라서 땡 잡은 거다. 나는 '은혜'를 베푸는 처지, 생색을 내지는 않았다.

"제규야, 아침에 밥 하는데 너무 덥더라. 올 여름은 유난히 덥잖아. 불 앞에서 요리하느라 고생했지? 아빠랑 너는 열도 많잖아. 근데 우리 식구는 방학 때 외식을 딱 네 번밖에 안 했더라. 일본 가정식, 삼계탕, 영광에서 굴비 정식, 또 삼계탕하고 냉면. 힘들었지?"
"아니요. 아빠도 밥 하는 거 안 힘들었을 걸? 레몬청이랑 피클 잘 만들게 돼서 좋아요."

제규한테 가장 많이 하는 잔소리 중에 하나가 "일찍 자. 그래야 키 커"다. 173센티미터 넘고 나서는 잘 안 통한다. 제규는 레몬청을 만들고 오이피클 담그는 걸 좋아한다. 새벽 2시에 만드는 걸 특히 즐긴다. 식구들이 잠든 시간에 부엌 불만 켜고 요리하면, 우주의 기운이 느껴진단다. 나는 "그 시간은 귀신이 활동하는 시간이야"라고 우긴 적도 있다.

"엄마, 그때가 딱 좋다니까요. 레몬을 굵은 소금에 씻고, 끓는 물에 한 번 데쳐요. 레몬은 우리나라에서 안 자라요. 미국에서 건너오니까 왁스칠을 해요. 그래서 잘 씻어야 해요. 베이킹소다를 뿌려서 또 씻고, 흐르는 물에 한 번 더 씻어요. 레몬 씨는 빼고요. 안 그러면 써요. 레몬 끝에 꼭대기 부분은 즙을 싸서, 설탕이랑 꿀이랑 1대 1로 섞고요."

제규는 서울에서 온 손님들에게 시원한 레몬청을 대접했다. 친구 수민이한테는 크림파스타, 피클, 샐러드, 레몬청으로만 상을 차려줬다. 동생 꽃차남과 시후의 점심도 차렸다. 동생을 데리고 만화영화도 보러 다녔다. 생각해보니, 이 여름 내내 '은혜'를 베푼 쪽은 제규였다. 덕분에 우리 식구는 더위 안 먹고 잘 견뎠다.

소년의 레시피
레몬청

무더운 여름, 시원한 물에 얼음과 함께 타먹으면 더위가 가신다.
운동하러 갈 때 물병에 넣어가자. 날씨가 추워지면 뜨겁게 먹어도 좋다.

재료:
레몬, 굵은 소금, 꿀, 설탕

1   레몬은 미국에서 건너오기 때문에 굵은 소금과 뜨거운 물로 깨끗이 씻어준다.

2   레몬청을 담을 병을 끓는 물에 소독한다.

3   레몬의 양 끝 부분은 잘라 레몬즙을 낸다.

4   레몬즙과 설탕, 꿀을 잘 섞는다. 설탕은 레몬과 비슷한 양으로 넣는다.

5   레몬을 얇게 슬라이스로 썬다.

6   씨는 꼭 빼야 한다. 왜냐하면 쓴 맛이 날 수 있기 때문이다

7   썰어놓은 레몬과 4번을 번갈아가면서 병에 차곡차곡 담는다.

너의 길을 멋있게
걸어갔으면 좋겠다

"안 된다고! 늦잠도 실컷 자고, 게임도 하면서 지내라니깐."

"싫다고요. 일 배우러 갈 거예요!"

"강제규, 왜 방학을 하는 줄 알아? 쉬라고 하는 거야. 고등학생이
무슨 알바냐고? 어른 되면 하기 싫어도 하는 게 일이라고!"

여름방학을 하기 전, 제규와 나는 며칠간 같은 얘기를 되풀이했
다. 결론은 나지 않았다. 줏대 없이 내 편도 들었다가 제규 편도 들
었다가 하던 남편이 "요리학원 가서 배우면 되지"라고 중재안을 냈
다. 알바를 하겠다고 버티던 제규가 뜻을 꺾었다. 대신, 조건을 걸었
다. "집에서 내가 저녁밥 차린다고, 요리학원에는 말하지 마요"라고
했다.

제규는 '한식조리기능사' 과정을 배우러 학원에 갔다. 집에서 걸어가면 15분 거리. 엄청나게 땀을 쏟을 것 같아서 차로 데려다주었다. 요리학원 원장님은 제규한테 그날 할 요리인 칠절판과 더덕생채에 대한 설명을 해주었단다. 그러고 나서 바로 시작. 제규는 원장님이 하는 대로 음식을 따라 만들었다.

"엄마, 나보고 '하늘에서 내린 요리사'래. 진짜 잘한대요."

학원에서 나오자마자 제규는 말했다. 집에서 밥 한다는 사실을 왜 말하기 싫어할까. 아마도, 원장님이 '요리 좀 하는 애'라고 기대할까 봐 숨기는 거겠지. 제규는 집에 와서 바로 자기가 만든 '시험요리' 칠절판과 더덕생채를 내놓았다. "맛없을 거예요"라고 못 박으면서. 재료를 규격에 맞게 썰면서 위생에만 중점을 둔 요리라고 했다.

칠절판은 한국식 월남쌈이라고 하면 되려나. 갖가지 야채와 고기를 얌전하게 손질하고 칼질해서 밀전병(또는 쌈무)에 싸먹는 요리다. 주안상의 전채요리로 나오기도 한단. 아들이 한 음식이니까, 나는 꼼꼼하게 다 먹었다. 향이 살아 있는 더덕생채는 배불러서 완식하지 못 했다. 조금 남은 거라도 버리지 않고 냉장고에 넣었다.

"엄마, 오늘은 원장님이 나보고 '거침없이 하이킥'이래. 뭘 가르치면 거침없이 잘한대요."

둘째 날, 제규는 말했다. 표정은 밝지 않았다. 제규는 아빠가 부엌에서 요리하는 걸 어깨 너머로 보고 자랐다. 어느 날부터 느닷없이 칼을 잡고 음식을 만들었다. 학원에서 정식으로 배우는 칼질은 다르단다. 정해진 규칙 같은 게 따로 있다고. 지금까지 몸에 배어 있던 습성은 싹 버리고, 처음부터 다시 배우는 게 쉽지 않다고 했다.

한식조리기능사 시험에 나오는 52가지 요리. 제규는 학원에서 하루에 두 가지씩 만들었다. 만든 음식의 절반 정도는 집으로 가져왔다. "시험요리는 맛없어요"라고 토를 달았다. 나는 생애 처음으로 오이선, 완자탕, 오이숙장아찌, 무숙장아찌 같은 음식을 먹어봤다. 남편은 특히 무숙장아찌에 관심이 많았다. 어떻게 만들었냐고 물었다.

"별로 안 어려워요. 우선, 무를 일정한 크기로 잘라야 해요. 자른 무는 간장에 재어서 색깔이 배이게 해요. 그 다음에는 무를 건져내요. 남은 간장은 끓이면 돼요. 끓인 간장은 한김 식힌 다음에 다시 무에 붓고요. 소고기가 들어가잖아요. 크기에 맞춰서 썰어서 미리 양념을 해놔야 해요. 간설파마깨참후 (간장, 설탕, 파, 마늘, 깨, 참기름, 후추). 미나리 넣고 깨 넣고 볶으면 돼요.

남편은 "할머니도 무숙장아찌는 좋아하시겠다"고 했다. 그 말을 흘려듣지 않은 제규는 "아, 어떡해!" 머리를 쥐어뜯었다. 다음 날이

토요일이라서 그랬다. 전전두엽이 폭풍 성장하는 10대들은 늦잠을 자는 게 정상이라고 한다. 그대로 두면 한낮까지도 잔다. 그러나 제규는 토요일마다 일찍 일어난다. 친구들이랑 놀다가 저녁에 온다.

토요일 아침, 제규는 친구 수민에게 "못 놈 ㅅㄱ(수고)"라고 카톡을 보냈다. 그리고는 아빠랑 둘이서 장을 보러 나갔다. 우리 집에서는 거의 쓰지 않던 미나리까지 사왔다. 남편은 냉장고를 정리하고, 제규는 싱크대에 서서 재료를 다듬고 조리를 시작했다. 뭔가가 뜻대로 안 되는지 "으!", "아으!" 같은 괴성을 질렀다. 남편이 말했다.

"제규야, 음식을 항상 맛있게 할 수는 없어. 아빠도 가끔 맛없게 할 때가 있잖아. 너는 요리를 배우는 수련생이야. 부담 갖지 말고 해. 할머니는 맛있게 드실 거야."
"영원히 수련생일 수는 없잖아요. 안 나아지면 어떡해요?"

내가 나서야 할 타이밍이었다. 나로 말할 것 같으면, 20여 년간 "간 좀 봐 줘"하며 기대어온 남편을 '지도'해준 맛의 현자. 제규가 만든 무숙장아찌 앞에서 입을 벌렸다. 자신감이 좀 떨어진 열여덟 살 수련생은 무와 고기를 한 가닥씩만 내 입에 넣어줬다. 좀 짰다. 나는 냉철한 평가자다. "밥이랑 먹으면 괜찮겠어. 반찬이잖아"라고 했다.

남편은 제규가 한 무숙장아찌를 싸가려고 그릇에 담았다. 제규는 미리 담가놓은 오이피클을 유리병에 담았다. 어머니 집에 갔더니 우리 식구를 기다리던 큰시누이가 "밥 먹자"고 했다. 밥상에는 맛있는 반찬이 많았다. 그러나 우리 모두의 젓가락이 가장 먼저 향한 곳은 제규가 만든 음식이었다. 맵고 짠 것을 못 먹는 어머니도 그랬다.

밥을 먹으면서 큰시누이는 제규랑 음식 얘기를 했다. 알아들을 수 없는 분야, 그러나 나는 뭘 좀 아는 사람처럼 웃음을 터뜨렸다. 큰시누이를 알고 지낸 세월이 꽤 길다. 아기 제규가 젖 뗄 때도 밤새 보채니까 큰시누이가 업고 달랬다. 그래도 나는 큰시누이가 잘하는 음식에 관심을 갖지 못했다. 어느새 제규는 훌쩍 자라서 큰고모와 말이 통하는 사이가 되었다.

"엄마 없을 때마다 고모가 나한테 뭐라고 하는지 아세요? 요리하지 말래. 진짜로 취미로만 하래요. 너무 고생한다고요."

돌아오는 차 안에서 제규가 말했다. 자기도 고민이라면서 어깨에 힘을 팍 줬다. 지금 제규를 흔드는 게 뭔지 안다. 그건 바로 근육. 배우 마동석 같은 몸에 흠뻑 빠져 있다. 무거운 아령을 양손에 들고 매일 운동한다. 손바닥에 굳은살이 배길 정도로. 등 근육이 궁금하다면서, 나보고 뒷모습을 동영상으로 찍으라는 지시도 내린다.

"제규야, 그럼 한식 자격증만 따고 그만둘 거야?"

"그런 건 아니에요. 한식 따고 나서는 양식, 중식, 일식 자격증 다 딸
거예요. 그 다음에는 복요리 배우고요. 근데 엄마, 헬스 트레이너 해
도 나쁘지 않을 거 같아요."

나는 제규가 다른 것에 눈을 돌리는 것도 좋다. 어차피 직업을 여
러 번 바꾸며 사는 게 당연해지는 시대. 다그치지 않을 거다. 고등학
교 졸업하고 스무 살이 되면, 덴마크 청년들처럼 대해줄 거다. 그들
은 대학에 가지 않아도, 밥벌이를 하지 않아도, 자기 진로를 찾도록
정부에서 활동비를 대준다고 한다. 나도 그럴 거다. 입시학원에 안
보내고 모아놓은 돈이 있으니까.

우리 집에 다 와가는데 해가 지려면 멀었다. 주말이니까, 친구들
은 피시방에서 게임하고 있거나 편의점에 있을 거다. 제규는 주방장
과 헬스 트레이너를 두고 진로를 고민할 때처럼 사뭇 진지했다. 집에
가서 말 안 듣는 '초딩' 1학년 동생이랑 싸우기에는 시간이 너무도
아깝다. 친구 수민에게 "지금 갈 수 있음"이라고 연락을 했다.

토요일, 우리 집 통금 시간인 저녁 6시. 제규는 3시간이나 지나서
왔다. 잔소리를 하자면 끝이 없다. 관심을 갖기에 사준 《일본의 맛,
규슈를 먹다》는 책꽂이에 그대로 있다. 한식조리사 필기시험은 닥쳐

오는데 책은 지나치게 깨끗하다. 눈만 마주치면, 한참 어린 동생이랑 연년생 형제인 것처럼 싸운다. 내 마음을 '스캔'한 제규는 엄살을 부렸다.

"엄마, 2학년 여름방학은 너무 맘에 안 들어요. 1학년 겨울방학 때는 엄청 잤잖아요. 근데 지금은 진짜 바빠. 요리학원에 가야지, 헬스장에 가야지. 동생 밥도 차려줘야지. 엄마가 봐도 안 됐지? 놀 시간이 거의 없잖아요."

"쳇!"

나는 강경하게 나가려고 했는데 웃음이 났다. 가끔 하는 소리, "행복한 시키(자식)"가 튀어나왔다. 제규는 자기 생활을 맘에 들어한다. 지금은 집에서 밥을 하고 있지만, 하고 싶은 다른 일이 생기면 그만둘 수도 있다. 엄마가 학교공부 안 하는 아들 이야기를 기록하는 이유도 안다. 직접 겪으면서 자기 길을 가는 고등학생에게는 멋짐이 있는 거니까.

오이피클

모든 음식에 잘 어울리는 피클. 가끔은 피클에 양파도 넣고, 무를 넣어도 좋다.
미국 피클은 달지 않고 굉장히 시다. 또 짜다.
멕시코 사람들이 매운 것을 잘 먹는 것처럼 미국 사람들은 신 걸 잘 먹는다.

재료:
오이, 굵은 소금, 물, 설탕, 식초, 피클링 스파이스(생략 가능), 월계수 잎

1   오이를 굵은 소금에 씻는다.

2   수제피클이니까 딱히 반듯하게 자를 필요가 없다(나는 오히려 모양이 단정하지 않고 제각각인
      피클을 더 좋아한다).

3   물에 소금을 넣고 끓인다.

4   물이 어느 정도 끓기 시작하면 같은 양의 설탕을 넣는다.

5   물이 바르르 끓기 시작하면 식초도 같은 양을 넣는다.

6   월계수 잎, 피클링 스파이스를 취향대로 넣는다(생략 가능).

7   소독한 병에 자른 오이를 넣고 6번이 뜨거울 때 넣는다.

자신의 삶을 요리하는 소년의 행복 레시피

- -

혼자 길 떠나는 소년은
특별하지 않아도 멋있다

'일반고에서 홀로 외롭지만, 맛있고 건강한 음식을 요리하듯 자신의 삶을 요리하는 소년.'

고등학교 1학년이 끝나는 날 받은 생활기록부. 제규의 담임 선생님은 행동 특성과 종합 의견에 이렇게 썼다. 나는 몇 번이고 읽어봤다. 제규가 '자신의 삶을 요리하는 소년'이 될 줄 몰랐다. 입학했을 때는 보충수업과 야자를 너무나 싫어하는 학생일 뿐이었다. 2015년 5월의 어느 날, 두 달 반 동안 원치 않는 공부를 한 제규는 담임 선생님을 찾아갔다.

"선생님, 정규수업 끝나면 집에 가서 밥 하고 싶어요."

설득력이 하나도 없는 기이한 이유, 담임 선생님은 그러라고 했다. 다음 날부터 제규는 본격적으로 밥을 했다. 저녁밥을 하러 들어오는 아빠한테 "나 혼자서 하고 싶어요"라고 제안했다. 그리하여 저녁마다 부엌을 독차지하고서 식구들 먹을 밥을 지었다. 친구들도 데려와서 갖가지 음식을 해 먹었다. 어느 날부터는 혼자 일어나서 아침밥을 챙겨먹고 학교에 간다.

날마다 '밥이나' 하고 있는 고등학교 1학년. 재미있어 보였다. 대학 입시라는 궤도에 진입하지 않고, 자기만의 길을 가겠다는 모습은 사람의 마음을 움직이는 힘이 있었다. 감동을 주었다. 그래서 나는 '야자 대신 저녁밥 하는 고딩 아들'이라는 기록을 시작했다. 제규가 "밥하기 싫어졌어"라고 말 하면, 언제든지 그만둘 생각이었다.

글을 읽은 사람들이 진심을 담아서 말을 걸어왔다. 어떤 이는 "요리하려면 최소 전문대는 다녀야 하고, 영어도 꼭 공부해야 한다"라는 당부를 했다. "대한민국에 실존하는 가족이 맞냐"고 묻는 사람도 있었다. 한 고등학생은 "하고 싶은 게 뭔지 알아낸 제규가 부럽다"고도 했다. "수업 시간에 학생들에게 얘기해줬다"는 교사도 있었다.

서울에 있는 방송사의 몇몇 작가들이 촬영 제의를 해왔다. 밥을 하는 일반고 남학생은 카메라에 담기 좋은 소재일 수 있다. 제규는

"하기 싫은데요"라고 했다. 나는 그 말을 그대로 전했다. 어떤 작가는 제규가 다니는 고등학교의 교무실에까지 전화를 했다. 좋아하는 유느님 유재석이 나오는 프로였지만, 우리 모자는 거절했다.

올해 5월, 시아버지가 돌아가셨다. 그전에 나는 아버지 글을 몇 편 쓴 적 있다. 당신이 위중한 병에 걸린 걸 안 날에도 어머니에게 밥을 차려준 아버지, 나쁜 일에도 "허허" 웃던 아버지를 촬영하고 싶다는 프로그램들이 있었다. 아버지는 "멀라고 그런 것을 찍는다고 난리를 피겠어"라고 했다. 문득, 아버지의 생전 모습이 영상 기록으로 남아 있다면 좋을 것 같았다.

"어떻게 하면 공부를 더 잘할 수 있을지 고민하고, 꿈을 갖고 살라고 하면서, 막상 그 꿈도 사회의 가치로 재단해버리는 걸 많이 봅니다. 제규 군과 가족 이야기는 유쾌하기도 하고, 성적이나 입시 위주의 언론 기사들 속에서 숨 쉴 공기를 주는 것 같거든요."

초여름, 〈지식채널e〉의 정은영 작가는 메일을 보내왔다. 남편과 제규에게 보여주었다. 남편은 "그 프로라면 괜찮지 않아?"라고 했다. 학교 수업시간에 〈지식채널e〉를 많이 본 제규는 "알려지는 게 싫어요"라고 했다. 의견이 다를 때는 토론해야 한다. 그러나 배고프면 날카로워져서 서로를 잡아먹을 수 있다. 우리는 저녁밥부터 먹었다.

"제규야, 밥 하는 거 창피해?"

"그건 아닌데요. 나보다 요리를 잘하는 애들도 많은데 왜 하필 나예
요?"

"조리고등학교 학생들은 당연히 잘하지. 근데 너처럼 식구들 먹게
밥 하는 애는 드물걸?"

"엄마, 나는 〈지식채널e〉에 나올 만한 애가 아니에요. 하나도 안 대
단하다고요."

〈지식채널e〉의 제작진이 제규의 음식 솜씨를 눈여겨본 걸까. 입시
공부 바깥으로 걸어나온 자세를 본 걸 거다. 친구들과 비교하면서
자신의 처지를 불안하게 여기지 않는 태도와, 해보고 싶다고 진짜로
밥을 하는 모습에서 멋짐을 본 걸 거다. 어쩌면, 제규는 시대를 조금
앞서 걷는 소년일 수 있다. 언젠가는 출신과 성적으로만 사람을 평가
하지 않는 날이 오겠지.

마침내 제규는 "(카메라 와서) 찍으면 떨릴 거 같아요"라고 했다. 승
낙한 거다. "싫다네요"라는 메일을 받을 줄 알았던 정은영 작가는 기
쁘다고 했다. 나는 그 순간을 놓치지 않았다. 미혼의 젊은이는 모
르겠지만, 아줌마들은 미화된 사진만 좋아한다고 솔직하게 말했다.
"그러니까 제규 엄마는 절대 화면에 안 나오는 걸로 해주세요"라고
부탁했다.

또 어느 여름날, 〈지식채널e〉의 제작진이 우리 집에 왔다. 사전인 터뷰였다. 제규는 청소년 특유의 '서술어가 뭉개지는 웅얼웅얼 말투'를 썼다. 처음에는 내가 중간에서 통역을 했다. 제작진은 제규가 만든 샌드위치를 먹고, 자칭 보물 1호라는 제규의 레시피 노트를 봤다. 단골 정육점에도 함께 갔다. 가게 사장님은 제작진의 질문에 답했다.

"(제규를 가리키며) 여기 자주 오는 총각이여. 학생이라는디 음식을 하드만요. 근디 이 총각 텔레비에 나오면 좋은 대학 간가? 좋은 디 (직장) 취직한다면야, 촬영에 응해줘야지."

정육점에서 나와서는 제규가 다니는 집 앞의 시장까지 답사했다. 제작진은 "촬영하는 날에 친구 데려올 수 있어요?"라고 제규한테 물었다. 말이 없었다. 뜸들이다가 입을 연 제규, 다시 서술어를 뭉개며 말했다. 나는 "그럴 수 있대요"라고 통역을 했다. '엄마가 대신 말 잘했지?' 하는 마음으로 제규를 봤다. 어? 표정이 서늘했다.

제작진이 서울로 가자마자 제규는 "이게 다 엄마 때문이야"라고 했다. 그 말은 아직 대화할 의지가 있다는 뜻이기도 하다. 학교에서 교복 바지가 뜯어진 것도, 카풀 버스를 놓친 것도, 단골 가게에서 맘에 드는 닭가슴살을 못 산 것도, 머리 삭발할 때 끝까지 말리지 않은 것도, "다 엄마 때문이야"라고 하니까.

"엄마가 쓴 글하고 사진으로만 나오는 게 아니잖아요. 정육점이랑 시장까지 카메라가 따라와서 촬영한다잖아요. 그러면 나는 이다음에 어떻게 장 보러 다녀요? 부담스럽다고요!"

남편은 '신스틸러'급 연기를 선보였다. "억지로 할 필요 없어"라고 거짓말했다. 제규는 "할게요"라고 했다. 하루 지나서는 "안 해요"라고 했다. 다음 날에는 또 "할게요". 제규는 자신이 요리를 잘한다고 확신하지 못 했다(경연대회가 아니라고!). 촬영하는 것도 두려워했다(유느님도 카메라 울렁증이 있다고!). 남편이 중재안을 냈다.

"네가 요리하는 거를, 아빠가 스마트폰으로 찍어서 〈지식채널e〉에 보낼까?"

나는 우리 집 상황을 정은영 작가에게 중계했다. 그녀는 김이 모락모락 나는 밥솥, 음식이 끓는 냄비, 1년 넘게 쓴 레시피 노트만 찍겠다고 했다. 모델이 되어준다면, 요리하는 제규 뒤태나 손 정도는 촬영해도 되느냐고 물었다. 제규는 된다고 했다. 메뉴도 정했다. 마늘 간장치킨, 가지구이, 알리오 올리오 파스타, 카프레제 샐러드.

8월의 아침, "저희 지금 집으로 올라가도 돼요?"라는 전화가 왔다. 작가, 피디, 카메라 감독, 운전기사 분들이 짐을 많이 갖고 왔다. 모두 카메라였다. 제규는 웃지 않았다. 긴장해서 그랬을 거다. 알아들을 수 없게 서술어를 뭉개며 말하지도 않았다. 촬영에 임하는 자세가 되어 있다는 뜻이겠지.

"제규 군, 모든 요리는 두 번씩 한다고 생각하면 돼요. 촬영 끝나는 시간은 오후 6시쯤으로 잡고 있거든요. 조금 더 늦어지기도 해요."

카메라 감독이 제규한테 말했다. 순간, '망했다'고 생각했다. 전날 밤에 제규를 다독이며 "금방 끝날 거야"라고 했기 때문이다. 잘 알지도 못 하면서 내가 왜 그랬을까. 제규 눈치를 살폈다. 거실에서는 부엌에 있는 제규 뒷모습만 보였다. 등짝으로도 화났다는 걸 표현하는 청소년의 뒤태, 순해보였다. 양파를 썰고 가지 속을 파내고 있었다.

"엄마 같으면 안 떨려요? 처음에는 긴장해서 양파를 엉망으로 썰었어. 가지구이를 하려면 토마토 소스를 만들어야 하거든요. 색감이 예쁘라고 일부러 '토마토 홀'을 썼어요."

제규는 가지구이, 카프레제 샐러드, 알리오 올리오 파스타를 만들었다. 냄새가 좋았다. 누군가 "마늘빵 찍어먹으면 맛있겠다"고 했다. 제규는 즉석에서 마늘빵을 만들었다. 접시에 담고 남은 음식은 조금씩 시식했다. '서울 사람들'인 제작진이 "맛있다"고 했다. 그 말은 제규 몸으로 흡수되어 '슈퍼울트라파워'가 되었다. 설거지 마치고 잠깐 제 방으로 간 제규는 웃었다. 걸그룹 트와이스 멤버 '사나'의 동영상 덕분인가?

남편은 점심시간도 아닌데 밥을 차린다고 집에 왔다. 촬영하는 부엌 근처에는 다가가지 못 했다. 나한테만 작은 소리로 자신의 근심을 털어놓았다. "우리 아들인지 모르겠다. 얼굴 한 컷이라도 나오게 해 달라고 부탁해봐"라고. 여섯 살짜리 아들이 있는 카메라 감독은 우리 부부의 마음을 알고도 남나보다. "얼굴 나와요. 걱정 마세요"라며 웃었다.

점심 먹고 나서, 제규는 우유에 재어둔 닭가슴살로 마늘간장치킨을 만들었다. 연두부 요리도 하나 만들고, 다시 알리오 올리오 파스타를 만들었다. 촬영용 음식은 다 됐다. 피디와 카메라 감독만 식탁에 남았다. 촬영한 걸 잠깐 봤는데 까아! 접시에 놓인 음식들이 달라보였다. 연기를 하는 생명체처럼 보였다. 제규랑 나는 눈을 마주쳤다. 멋지다고 생각했다.

촬영은 이내 제규의 일상생활로 넘어갔다. 냉장고에서 재료를 꺼내는 건 제규가 카메라를 의식하는 바람에 NG를 냈다. 아침에 일어나서 학교 갈 준비를 하는 건 '발연기'만으로도 충분하단다. 그래서 카메라 감독은 걸어 다니는 제규의 다리만 촬영했다. 학교에 가는 모습, 하교해서 집으로 오는 모습, 레시피 노트 쓰는 모습 등을 찍었다. 집안 촬영은 끝났다.

9월 6일 낮 12시 40분, 우리 부부는 밥도 굶고 〈지식채널e – 소년의 레시피〉편을 보았다. "나를 찍은 거 자체가 말이 안 돼. (웃음) 그래도 기대 돼요"라고 말했던 제규가 나왔다. 우리 집 부엌에서 음식을 했다. 새로운 내용은 없었다. 제규와 담임 선생님, 친구, 고모, 이모가 한 말은 이미 글을 통해 세상으로 나간 거였다.

그런데도 눈물이 났다. 1년 반 동안 내가 쓴 글을 5분으로 압축한 제작진의 천재성에 감탄해서만은 아니다. 혼자서 길을 가는 제규가 외로워 보였다. 프로그램을 본 다른 이들은 "하고 싶은 걸 하는 게 대견하다"고 했다. 어떤 선생님은 학생들에게 〈소년의 레시피〉를 보여주면서 "공부 말고도 다른 길이 있어"라고도 했다.

제규가 가는 길에는 크고 잘생긴 나무 그늘이 없다. 목을 축일 물도 스스로 챙겨서 다녀야 한다. 나는 옹달샘이라도 되어주고 싶다. 언젠가는 아이들에게 대학입시 말고도 다양한 길이 열릴 거라고 생각하니까. 그때에는, 학교공부 바깥에서 꿈을 키우던 제규 이야기는 시시해질 거다. 나는 엄마니까 낙관한다.

EBS 〈지식채널e〉 "소년의 레시피"

소년의 레시피

초판 1쇄 발행 2017년 6월 12일
초판 10쇄 발행 2024년 4월 5일

지은이 배지영
펴낸이 권미경
마케팅 심지훈, 강소연, 김재이
디자인 소요 이경란
일러스트 박경원

펴낸곳 (주)웨일북
등록 2015년 10월 12일 제2015-000316호
주소 서울시 마포구 토정로 47, 701
전화 02-322-7187 **팩스** 02-337-8187
메일 sea@whalebook.co.kr **인스타그램** instagram.com/whalebooks

ⓒ 배지영, 2017
ISBN 979-11-88248-03-2 (03810)

소중한 원고를 보내주세요.
좋은 저자에게서 좋은 책이 나온다는 믿음으로, 항상 진심을 다해 구하겠습니다.

「이 도서의 국립중앙도서관 출판예정도서목록(CIP)은 서지정보유통지원시스템 홈페이지(http://seoji.nl.go.kr)와 국가자료공동목록시스템(http://www.nl.go.kr/kolisnet)에서 이용하실 수 있습니다.(CIP제어번호: CIP2017012431)」